贄怪談

長男が死ぬ家

斉木 京

竹書房怪談文庫

目次

まえがき　5
丑蔓家　8
霊媒　15
祟られ筋　23
霊視　28
霊視　二　34
取材メモ一：丑蔓尚蔵氏　39
駅前商店街での取材　41
霊視（屋敷の周囲）　50
取材メモ二：丑蔓晃一郎氏　59
井戸に関する事実　62
慰霊　68
祭祀　71
祭祀　二　84
黒い雨　93
みろくさん　99
惨禍　107
四年前：追想　118
福音　125
業火　142
贄　148

屠怫戸 154
取材メモ三：栄一の友人Tについて 172
現在：十蔵氏の手帳 178
燔祭 190
受肉 199
塔子 208
祭壇 215
死穢 223
暁光 232
宿痾 239
一年後：夏至 244
清音 254
暗夜 265
著者あとがき 284

※本書は、小説投稿サイト〈エブリスタ〉に投稿された作品（原題「贄：長男が死ぬ家」）を加筆修正し、一冊に纏めたものです。
また、本書に登場する人物名は様々な事情を考慮し、すべて仮名にしてあります。あらかじめご了承ください。

私が『長男が死ぬ家』に関する話を最初に耳にしたのは確か二年ほど前だったはずだ。その話の内容の異様さから、ずっと印象に残っていた。

そもそもの経緯としては、以前から実話怪談に関する本を読み漁っていた私は、いつしか好きが高じて、自分でも怖い話の体験を聞き集めて文章に起こすようになっていた。本職のライター業のかたわら、それを出版社に応募するためだ。運も手伝って、やがて私の集めた体験談は書籍にも載るようになっていた。

ただ、実際に怖い体験をしたという人に会って取材していくと、単に見知らぬ女の後ろ姿を見たとか部屋で金縛りにあって何かの気配を感じたとか、曖昧模糊として怪異が起こった原因も結局分からない話がけっこう多く、文章にしてみると淡白なものになってしまう事がある。

しかし時々、何かの因果律が働いているとしか思えないような話に巡り合う事があった。この家の話もその一つで、うまく言葉では表現出来ないような不穏な空気が付き纏っていた。

何となく予想出来るかもしれないが話の核となるのは、その家の代々の長男が必ず成人する前に死んでしまうというものだった。

病気、事故、自死など死因こそ違えど長男が必ず亡くなる。

そして妙な事に、死期が近づくと家の中や周辺で不気味な物音や正体のない黒い影が動くのが目撃されるようになるのだという。

この家はかなり古くから続いているらしく、家督を継ぐべき長男が毎回命を落とすというのは何かしら因縁めいたものを想起させた。

話を教えてくれたのは仕事を介して知り合った西脇さんという男性で、件の家は彼の母方の実家に当たる。

彼から話を聞いた時に私はより詳しく知りたいと思い、ご実家の方に直接お話を聞けないものかと不躾ながらお願いしてみた。

だが西脇さん本人があまり触れたがらなかった事と、その家のある地域が東京からだいぶ遠かったので当時はそれっきりになっていた。

だが御縁があって、最近ある席で再び西脇さんにお会いする機会が出来た。

長男が死ぬ家の話を思い出した私は酒の力も手伝って、改めて西脇さんにご実家を取材出来ないかお願いしてみた。

すると西脇さんは期待はしないで下さい、と前置きしてから母方の実家に頼んでみると言ってくれた。

それから数日して西脇さんからメールが届いた。

件名に『取材の件』と銘打たれたメールの本文を見た時、私は驚いて小さく声を上げた。

具体的な地域や名前などを出さない事を条件に取材を受けてもらえる事になっていたからだ。

そのため、この話を書くにあたって文章中の人名等は（西脇氏を含めて）全て仮名とさせて頂く事をお断りしておく。

また補足として集めた資料や、私自身が取材したメモなども文中に付記する。


それともう一つ。

西脇さんからのメールには追伸があったので、それも先に言っておく。

『取材した事で、どういう事があっても全て自己責任でお願いします』という一文だった。

私は了承する旨と、感謝の意を綴ってメールを返信した。

※本文をご覧になる方についても、それぞれの責任でお読み下さい。

丑蔓家

特定される事を避けるため具体的な地名は記せないが、その家は北日本の奥まった山間の小さな村にあった。

家名は丑蔓《うしづる》家としておく。

私は取材のために八月頃にこの地を訪れた。


よく晴れたその日、ローカル線に揺られて最寄りの駅に降り立つと時刻は既に午後二時を回っていた。

ぎらついた日差しが降り注ぎ、アスファルトの道路の遥か向こうには蜃気楼がゆらゆらと立ち昇っている。

空は東京とは比べ物にならない程青が濃かった。

辺りは油蟬の声がジリジリと響いている。


私は駅前に一台だけ停車していたタクシーに乗り込んだ。

目的地を丑蔓の屋敷と告げると、初老の運転手は小さく頷いて発車する。

駅前には申しわけ程度に商店が建ち並んでいたが、閑散として人の姿はまばらだった。

商店街を抜けると絵に描いたような田園風景と、その向こうをぐるりと囲む山々が見渡せる。

民家はその広がりの中にぽつぽつと点在していた。

やがてタクシーは山道へと入った。

丑蔓家が山の中にある事は事前に調べてある。

舗装された道路から脇道に入って細い道を少し登ると、鬱蒼とした木々の間から丑蔓家の屋敷が見えた。

この片田舎に似つかわしくないほどの立派な日本家屋だった。

かなり広い敷地を高い土塀がぐるりと取り囲み、その奥に黒い瓦葺きの屋根が見える。

タクシーは家の前の、駐車場らしき砂利の敷かれた広場で停車した。

そして、私を降ろすとそそくさと走り去ってしまった。

辺りは高い木々が陽射しを遮っているので比較的涼しい。私は門に設置されたインターホンの呼び鈴を押した。

程なくして、五十前くらいの色白で落ち着いた雰囲気の女性が出迎えてくれた。

彼女はこの家の嫁、丑蔓静恵さんだった。

私は玄関を入ってすぐの天井の高い板の間に通されて静恵さんと挨拶を交わした。

お手伝いさんと見られる中年の女性が、よく冷えたお茶を出してくれた。

静恵さんの夫は仕事で外出しているという。

広い家の中はしんと静まりかえっていて音と言えば外の蝉の声だけだ。

私は世間話もそこそこに本題を切り出した。

かつて西脇さんの口から語られた不穏な話。

本来なら他人には話したくないような事柄だろうが静恵さんは訥々と語り始めた。


「この家の、代々の長男が若くして亡くなっているのは本当です」


正直ここに来るまで半信半疑なところもあったが当事者の口から聞く事で、その疑念は払拭される。

実際、静恵さんの夫の兼二さんも次男で、家督を継ぐはずだった長兄はずっと前に他界しているとの事だった。

現在の家長である祖父の十蔵氏も同じだった。

彼の兄も若くして命を落としている。


「私も丑蔓の家に嫁ぐ前はあまり信じられなかったのですが……」

静恵さんは見合い結婚で他の県から嫁いで来た。

丑蔓家の曰くは入籍前に夫からそれとなく告げられていた。

当初はそんな話は偶然が重なっただけだろうぐらいに思っていたようだ。

しかし、屋敷で暮らすようになってから静恵さんも何か普通でないものの存在を意識するようになったという。

始まりは嫁いで来た最初の年の夏。

ちょうど今ぐらいの時期だった。


ある日の真夜中、寝室で寝ていると廊下の方から妙な物音が聞こえてきた。

みしり、みしりと一定の間隔で床が軋む音。

暗い中を何かがゆっくりと這って移動しているような印象を受けた。

家の者でこんな時間に起きている人間はいないはずだ。

静恵さんは泥棒でも入ったのかと思い怖くなった。

だが放っても置けないので、息を殺して恐る恐る襖を小さく開いて真っ暗な廊下を見た。

しかしそこには誰の姿もなかった。

同時に先ほどまでの物音もかき消えていた。

静恵さんは自分の勘違いか何かだと判断して、その時は忘れることにした。

だがその後も度々おかしな物を見たという。

親戚一同が集まる法要があった夜の事。

片付けを終えた静恵さんは屋敷の外廊下を一人で歩いている時、ふと違和感を覚えて窓の外を見た。

土塀の向こうの、ちょうど駐車場がある辺りの闇の中に小さな二つの光が静止したまま浮かんでいる。

何だろうと思い、静恵さんはしばらくその光を眺めた。

その日は曇っていたので星でない事は確かだ。

やがてその二つの光る点は、目であるように思えてきた。

じっと、こちらを見据えているような気がする。

最初は何かの野生動物がいて屋敷側からの光が、その双眸に反射しているのではないかと思った。

だがそれではおかしい。

あんな高い位置に獣が身じろぎもせずにいるはずがない。

その場所には木や電柱も無いからだ。

静恵さんは急にうそさむい気持ちになり、逃げるようにその場を立ち去った。

それが何であったか今でも分からないし、もしかしたらそれも単なる錯覚の類だった可能性もある。

ただ、どこがどうとはっきりとは言えないがこの家には何かがいるという感じが強くなっていったという。

夫の兼二さんにその事を伝えると、彼は力なく微笑んだ。

兼二さん自身も幼少の頃から、薄々感じていた事だと告白したのだ。

彼は幼き日に長兄の死の悲惨な現場にも直面している。

長男が死ぬ事と関係があるのかは定かではないが、兼二さんも家の中でずっと何かの存在を感知していた。


だがこの家ではもともと、それらのことに対しては決して触れてはいけないという空気が醸成されていたという。

特に家長の十蔵氏は頑なだった。

家族のみならず、分家筋や屋敷を出入りする者すべてがその事について語ることを一切許さなかった。

兄の死の直後、兼二さんは十蔵氏にその真相を聞き出すために詰め寄った事があると言う。

だが父は無言で兼二さんを張り倒した。

その時の十蔵氏の鬼気迫る顔は、まだ若かった兼二さんにとって生涯忘れたくても忘れられないものとなった。

すでに鬼籍に入っている祖母を含めて誰もこれらの事について口にする者はいなくなったと

いう。

ただ、その後静恵さんが嫁いできて二人の間に男の子が生まれてから状況が変わった。

その子が成長するにつれ、丑蔓家に纏わる因縁がいずれ降り掛かってくるのではないかという畏れが二人の間に芽生えたからだ。

その子にとって祖父である十蔵氏は数年前に脳卒中で倒れた。

時折意識を取り戻す事もあるようだが、現在ではほぼ寝たきりの状態になっている。

そういった家中の事情の変化も手伝って、今回私の取材を受ける気にもなったという。

私は話を聞くうちに、静恵さんが現在もこの家を取り巻いている不可解な状況から抜け出したいと考えているのだと思った。

それはそうだろう。

我が子の命が得体の知れないものに脅かされて平気なはずはない。

そこで私は彼女に一つ、提案する事を思い付いた。

霊媒

私は以前知り合った、ある霊媒を生業とする人を静恵さんに紹介しようと考えたのだ。

その人物なら何か解決の糸口を掴めるかもしれないと思った。


その拝み屋（霊能者）は北畑さんという男性だった。

この人と知り合ったのは以前、四国に取材で訪れた時だ。

ある女性から聞いた怖い話の中に、北畑さんの名が出たのが始まりだった。

その女性は廣川さんという三十代の主婦だ。

彼女の体験談はこうだ。


数年前の事。

当時、結婚したばかりの彼女はその幸せを満喫していた。

中古物件だったが一戸建ての新居も購入し、忙しいながらも夫と共に新婚生活を楽しんでいたという。

ただ新しい家に住み始めてから三カ月ほど過ぎた頃、廣川さんの身体に異変が起こった。

ある夜の事、ちょうど太腿の内側あたりの皮膚が一面紫色に変色し始めたのだ。

朝起きた廣川さんは自身の股の間を見て吃驚した。

どこかにぶつけた記憶もないし、原因に心当たりがない。

焦った彼女はすぐに病院に行ったが、医者にも分からなかったそうだ。

やがて皮膚は変色のみならず皮が剥けて、じゅくじゅくと爛れるようになった。

そして身体が妙に重く感じる。

新婚の廣川さんにとって、この症状はとても耐えられるものではなかった。

夫も心配してくれたが、当初の幸せな空気など消え失せてしまった。

専門医を紹介してもらい検査を重ねたが、そこでも原因が判明しない。

廣川さんは塞ぎ込み、毎晩泣いて過ごした。


この話を聞きつけた親戚の叔母が、廣川さんに拝み屋の北畑さんを紹介したという。

叔母の話では、北畑さんは四国でもけっこう名の知れた人らしい。

失せ物探しや憑き物落としが得意で、過去多くの人が世話になっているという事だった。

廣川さんは半信半疑だったが叔母の強い勧めもあり、一応会ってみる事にした。


彼女の新居を訪れた北畑さんは物静かな初老の男性で、純朴そうな顔を見た廣川さんも何となく安心した。

リビングのテーブルを挟んで向かい合って座り、廣川さんの話を一通り聞く。その間、北畑さんは彼女の背後に何度か視線を向けた。

その後、北畑さんはぽつりと言った。

「憑き物だね」


数日後、改めて祈祷をやる事になった。

日曜日の夕方ごろ、夫も立ち会いのもとで祈祷が行われた。

リビングの片隅に小さな祭壇が設えられ、北畑さんはその前に座り線香に火をつけた。

その少し後ろに廣川夫妻が並んで座る。

北畑さんは暫し沈黙したあと、朗々と祝詞《のりと》らしきものを誦《じゅ》し始めた。


この後の話は彼女が夫から聞いた事がもとになっている。

何故なら廣川さんは祈祷が始まってしばらくした後の記憶が無いのだ。


夫の話では祝詞が唱えられたあたりから、無言で座っていた廣川さんの身体がぶるぶると震え始めたというのだ。

夫は心配になり廣川さんの肩を揺すって呼びかけたが全然答えないという。

やがて廣川さんはうぅっ、と低く唸り声をあげた。

夫は驚いて北畑さんの肩を叩いた。

北畑さんは慌てる様子もなく、夫に廣川さんを支えているように指示すると再び祭壇の方に向き直り祝詞を唱え続ける。

やがて祈祷が終わりを告げると同時に廣川さんは獣のように唸って、床にどっと倒れこんだ。

夫は慌てて妻を介抱した。

救急車を呼ぼうかと思ったらしいが、廣川さんはすぐに目を覚ましたという。


ここからは彼女自身も記憶がある。

何故か目を覚ました時、このところずっと感じていた体の異様な重さが消えていた。

「終わりましたよ」

北畑さんが微笑んでそう言ったので夫妻は何となく安心した。

妙なことにリビングの中に、何かの動物のような匂いが漂っていたという。

この家ではペット類は飼っていない。

「あれはもう逃げて行ったよ」

どうも廣川さんに憑いていた何かを追い払ったという事らしい。

北畑さんの見立てでは、廣川さんに強い怨みを持っている誰かが呪詛をかけた事が原因のようだ。

「私のことを怨んでいる人間って誰なんですか？」

廣川さんは当然の疑問を口にした。

北畑さんは、その人間が誰なのかについては答えようとしなかった。
「知らない方がいいよ」
しかし廣川さんはどうしても知りたいと頼み込んだ。
「嫌な思いするかもしれないよ？」
そう前置きして北畑さんはある人物の名前を口にした。
それはKという女性だった。
廣川さんは絶句した。
Kは夫妻共通の友人だったからだ。
もともと夫とは大学時代に知り合って今に至る。
Kともその時に知り合った。
恋愛や進路の事など、何でも忌憚なく話し合える親友のような存在だった。
現に二人の結婚式にも参加して、祝ってくれたのだから。
そのKがどうして。
「その女性は、旦那さんに気持ちがあったようだね」
北畑さんはそう告げた。
それを聞いた夫は暫く黙っていたが、やがて真相を告白した。
廣川さんと付き合う前に、夫とKは交際していたのだという。
それは彼女がこれまで知らなかった事実だった。

結婚が決まった時も一番喜んでくれたのはKだったのに。
数日後、廣川さんは深く傷つきながらもKの真意を確かめるべく連絡を取ってみた。
だがKは電話をしてもメールをしても音信不通だった。
それから数ヶ月して分かった事だが、Kはあの祈祷後、日を経ずして入院していた。
大学時代の共通の友人から知らされた。
内臓に重篤な疾患が見つかったそうで、一月ほど入院した後亡くなったという。
だからKに事の真相を確かめる事は今となっては出来ない。
例の太腿の内側に現れた異常もやがて消えたという。

以上が廣川さんの体験談だ。
この話を伺って、私は北畑さんという人物に強い関心を抱くようになった。
何とか紹介してもらえないか廣川さんにお願いし、お会い出来る運びとなったのだ。
善は急げで、数日後に彼の職場兼自宅を訪れた。
実際にお会いしてみると、廣川さんが言っていた通りの温厚な人物だった。
歳は六十代で、短く刈り込まれた髪は全て白くなっている。
とても質素な身なりで小柄だが、何か力強い存在感を放っていた。
私が名刺を渡しながら挨拶すると目を細めて笑う。

二時間ばかり話したが怪異を蒐集している私からすると興味深い話ばかりで、それらを原稿にしても良いか相談すると、照れくさそうに頭を掻きながら頷いた。

その後も中国、四国方面に立ち寄った時は北畑さんを訪ねるようになった。

彼も忙しいのにも関わらず度々取材に応じてくれた。

北畑さんは少しも驕ったところがない人だが、淡々と語る話は背筋が寒くなるようなものばかりだった。

ただ、多くの相談者の問題（霊障以外のものも含めて）を解決していく北畑さんの拝み屋としての実力が話の端々から感じられた。

——この人なら丑蔓家の問題についても頼めるのではないか。

だから、私は静恵さんに北畑さんをぜひ紹介したいと提案したのだ。

静恵さんは始め困惑したような表情を浮かべたが、しばらく思案すると一人では決められないから夫に相談すると言った。

だが、まんざらでもないようだ。

私としても北畑さんが来る事によって事の真相が分かれば、もっと面白い原稿が書けるのでは、との打算が無かったわけでもない。

でもこれは丑蔓家にとっても悪い話ではないはずだ。

気がつけば時計は午後五時を回っていた。

後日再び連絡を取り合う事を約束し、私は屋敷を辞する事にした。


丁重にお礼を言って玄関を出た。

傾きかけた西陽が周囲を赤く染めていた。

大分暑さが和らぎ、木々の間からひぐらしの鳴き声がこだましている。

門を潜る時、ふと後ろを振り返った。

屋敷の二階の外廊下の窓から、誰かが私を見下ろしていた。

女性だった。

かなり若い。

ガラスに陽光が反射して、はっきりとは見えないが背は高く、ほっそりとした輪郭の顔が私に向けられている。

私は小さく会釈したが、女に反応は無かった。

――十九歳になる長女がいる。

たしか静恵さんが言っていた。

きっと彼女の事だろう。

私はそう解釈して、丑蔓家を後にした。

祟られ筋

私は丑蔓の屋敷を後にして駅前に戻って来た。

だが戻って来たのはいいものの、電車は一時間に一本しかないので次が来るまでに大分時間がある。

仕方なく私は商店街を散策する事にした。

色褪せた看板の書店や雑貨店に並んで蕎麦屋が佇んでいた。

入り口の横には塗装の剥げた狸の焼き物が置かれ、私を見上げている。

ちょうど小腹が空いていたので暖簾をくぐった。

狭い店内のテーブルの一つに、年配のおかみさんらしき女性が腰掛けて壁に据え付けられたテレビを見上げていた。

画面にはローカル局の夕方のニュースが映し出されている。

「あら、いらっしゃい」

女性は私に気がつくと愛想を浮かべて立ち上がった。

厨房には主人と思しき男性が丸椅子に腰掛けて新聞を眺めていた。

薄暗い店内に他に客の姿は見当たらない。

いいですか、と声を掛けてから壁際のテーブルの一つに座る。

ひとしきりお品書きを眺めてから、おかみさんを呼んで取りあえず笊《ざる》蕎麦を注文した。

私は蕎麦が出てくるまで、ぼんやりとテレビを見る事にする。

県内で行われた催し物や何かの紹介が続く。

「……どっからいらしたんですか？」

おかみさんが自分に話しかけたのだと、最初私は気がつかなかった。

「お客さん？」

「はい？」

再び呼びかけられて、私は慌てて返事をした。

おかみさんは相変わらずにこにこと愛想を作っている。

「どこから来たんですか？」

「ああ、東京から……」

せっかく話しかけられたので、おかみさんにこの村について色々と聞いてみた。

彼女の話だと、この地域も例に漏れず少子化が進んでいるようで村内にある小中学校は最近廃校になったのだそうだ。

これと言った観光資源もないが渓流釣りの名所があるらしく、お客といえば地元の人を除けば釣り人が時々訪れるくらいだという。

だから私のような若い客は珍しいようだ。

私はふと丑蔓家の事が聞きたくなって、それとなく聞いてみた。

するとおかみさんの顔が一瞬だけこわばった。

「……お客さん、あの家の人なのかい？」

接客用の笑顔を顔に貼り付けたままだったが、丑蔓の名を言ったあと声が硬くなったのが分かる。

「いえ、特に繋がりはないのですが。ちょっと仕事の関係で……」

私は適当にお茶を濁しておく。

するとおかみさんは思わぬ事を口にした。

「お客さんみたいな若い人には言っとくけど、あの家にはあんまり関わらん方がいいよ」

「そうなんですか？　それはまたどういう……」

私はいつもの癖で深掘りしたくなったので先を促してみた。

おかみさんは憚るように少し声を潜めて言った。

「そら、あんた……。あそこは祟られ筋だからよ」

「祟られ筋とは何です……？」

私は何も知らない振りをして尋ねた。

だが多分、丑蔓家で長男が死ぬという話は周辺の住民も知っているのだろう。

この田舎で、あれだけ大きな家なら噂になって当然だと思った。

それにしても〝祟られ筋〟とは随分な言いようだ。

「祟られ筋というのはな、代々生まれた男が死んでしまう家でな……」

おかみさんは私もすでに知っている情報をひと通り話した。

「そんで昔からこの辺の人間で、あの家に嫁ぐものは誰もいなくてな……。今の嫁も他所から来たんだ。塔子も中学に上がってから学校に行かなくなって、ずっと家の中にいるらしいよ……」

塔子とは兼二さんと静恵さんの長女だという事だった。

先程、丑蔓の屋敷の二階にいた女性かもしれない。

おかみさんの話では、塔子は生徒達の間で疎外されてから引き篭もるようになり、中学校に進学してからは殆ど登校しなかったらしい。

私が水を向けたとはいえ、よくまあそこまで他人の家の悪口を言えるなと半ば呆れた。

古くさい価値観が根強く残っているようだった。

ただ、やはり周辺で暮らす人々もあの家の事に強い関心を持ち、恐れを抱いているのは分かった。

そもそも丑蔓家は江戸時代末期から地主として急速に力を付けていった。

大勢の小作人を抱えて蓄積した資本を、その時々の新しい産業に巧みに投資して財を成していった。

だから戦後にＧＨＱが行った農地改革で大半の土地を手放さなければいけなくなった後も、家が傾く事は無かった。

この寒村で丑蔓家は常に金を持ち続けた。

おかみさんがあの家を悪し様に言うのは、そういった経緯も関係しているのではないかと、ふと思った。

「あの家の周りで、おかしなものを見たって言う人なんかいっぱいいる。斜向かいの家の奥さんも夜にあの家の近くを通った時に……」

「おい」

おかみさんの声を遮るように旦那さんが声を掛けた。

出来上がった笊蕎麦がカウンターの上に出されていた。

おかみさんは私のテーブルに蕎麦を運ぶと、その後はきまり悪そうに口を噤んだ。


何となく落ち着かない気持ちで食事を済ませ、店を後にした。

外に出るとあたりはすでに夕闇に包まれている。

ちょうど電車が来る時刻が迫っていたので私は駅へと急いだ。

霊視

最初に丑蔓家を訪れてから、ちょうど一週間が過ぎた週末。

私は北畑さんと合流して、再びあの屋敷を訪れる約束になっていた。

あの後、静恵さんは夫の兼二さんと相談して私の提案を受け入れる事にしてくれた。

それを聞いた北畑さんも、抱えていた仕事がひと段落したので四国からはるばる出向いてくれたのだ。


高松空港から羽田まで飛行機、後は新幹線と列車を乗り継いで北東北まで半日かかる旅だったが、駅で会った時はにこにこといつもの素朴な笑顔を浮かべていた。

それから今回、北畑さんには随行者がいた。

とても大人しそうな印象の、小柄で若い女性。

私は会ったことはない。

セミロングくらいの真っすぐな黒髪で、眼鏡をかけている。

「こんにちは、清音といいます」

か細い声で言いながら彼女はお辞儀をした。

なんでも北畑さんの姪で、最近彼に弟子入りしたという事だった。

清音は幼少期のある時点から突然、人に見えないものを見る感覚が備わったのだという。

北畑さんの家系には、そうした力を持った人が時々現れる。

「だから、家業みたいなものだね」

いつだったたか、自嘲気味に笑いながらそう言っていた。


その後駅前からタクシーに乗り込み、丑蔓の屋敷に向かった。

ちょうどその日は朝から曇っていたが、午後になるとさらに雲行きが怪しくなってきた。

西の空からどす黒い雲が盛り上がっているのが稜線の向こうに見える。

天気予報では曇りのはずだったが、この分だと大雨になりそうだ。

今日も人気の無い県道を抜けて山に入ると、辺りは昼間だと思えないほど暗かった。


丑蔓家に到着すると先日と同じように静恵さんが出迎えてくれた。

板の間に通されると、夫の兼二さんが待っていた。

ほとんど日に焼けていない、色白で痩せた男性だった。

話してみると、これだけ経済的に成功した家の主とは思えないほど腰の低い人物だった。

北畑さんと清音を紹介して挨拶を交わすと、早速本題に入る。

兼二さんと静恵さん夫妻は並んで座り、改めて丑蔓家で繰り返される不幸と怪異について語ってくれた。

北畑さんは口を挟むことなく、じっと二人の話に耳を傾けた後に口を開いた。

「私もこの家の玄関を跨いだ時から確かに何かの気配を感じました。ただ、それが何なのかはよう分からない……」

なので、家の中を見たいと言った。

静恵さんは、義父の十蔵さんが寝ている奥の間以外だったら構わないと承諾する。

私を含めて五人は腰を上げると、北畑さんの希望でまず仏間へと向かった。


十二畳の広い部屋の奥に、大きな仏壇が置かれている。

黒檀の立派な厨子《ずし》だ。

長押《なげし》の上には、丑蔓の先祖と思われる遺影がずらりと並んで我々を見下ろしている。

白黒の古い写真が多く、御年寄に混じって若い男子の顔がいくつかある。

おそらく若くして逝った長男達なのだろう。

北畑さんと清音は仏壇の前に端座すると合掌して深々とこうべを垂れた。


仏間を後にして再び廊下に出る。

丑蔓の屋敷の構造は、外側にぐるりと回り廊下が通っている。

窓から空が見えたが、いよいよ厚い雲が垂れ込めて今にも降り出しそうな気配だった。

北畑さんを先頭にゆっくりと廊下を進んでいく。

彼は無言のまま周囲を窺っているようだった。
清音は北畑さんの影の形に添うように後ろを付いていく。
他の者も押し黙っていたので、自分達の足音しか聞こえない。
私はふと、子供達も家の中にいるのか気になった。
前回来た時と同じく、お手伝いさんは居て茶菓を出してくれた。
今日は土曜日だから、もしかしたら二階にいるのかもしれないと思った。

やがてある部屋の前まで来ると、北畑さんは足を止めて振り返って言った。
「この部屋に入ってもよいですか？」
どうぞ、と静恵さんが答えた。
ちょうど家の角にある小さめの部屋だ。
北畑さんは障子を開けると中に入っていった。
他の者も続く。
皆が入室した時、ちょうど外から遠雷の音が響いてきて空気を震わせた。
北畑さんは暗い和室の天井をじっと見上げている。
「ここで家の人亡くなってるね？」
彼が唐突に呟いた。
兼二さんは少し驚いたような顔で答える。

「……はい。父・十蔵の兄が、ここで死んでいたと聞いています」

話によると十蔵氏の兄は、かつてこの部屋で首を吊って亡くなったのだという。

「どうして分かったんですか？」

思わず疑問が口をついて出てしまった。

さっき話した時も、この部屋で誰かが亡くなった事など一切触れられなかったはずだ。

「……うん、まだここに居るからね」

北畑さんは天井を見上げたままの格好で言った。

十蔵氏の兄、兼二さんから見ると叔父にあたる人の亡魂がまだ天井から吊り下がったまま私達を見ているのだという。

私は怪談好きを自認しているが、そういう類のものは一切見えない方だった。

だから暗い宙にいくら目を凝らしても何者の姿も認められなかった。

清音も胸の前で合掌して、北畑さんと同じ方向を凝視している。

「あの、それは……」

兼二さんが話しかけたが、北畑さんは遮った。

「ちょっと待ってね。今、お話をしてみるから」

そう言って再び沈黙した。

察するに霊媒である彼は、ここにいる死者と交信を試みているようだった。

これまで北畑さんから話を聞くことは何度かあったが実際に霊視といわれる行為を見るのは

初めてだった。

部屋が緊張と静寂に包まれた。

時折、遠くから低く雷鳴が響いてくる。

やがて北畑さんは、ふうーっと長い息をついて呻くように言った。

「おかしいねえ……。何も教えてくれないよ」

彼の話では、ご先祖の霊に会った時は大概話をしてくれるのだという。

ご先祖にしてみれば、やはり子孫はかわいいと思うようで助言などをしてくれる事がほとんどらしい。

それが。

「黙ったまんま、じいっと見てるだけで一切話してくれないよ……」

北畑さんは首を振った。

仕方なく、清音とともに祝詞をあげて懇《ねんご》ろに供養の祈りを捧げた。


その和室から出るのと時を同じくして、大粒の雨がどっと降ってきた。

周囲の景色が見えなくなる程の勢いだ。

我々はその後も回り廊下を歩いて行った。

しかし、これと言った手掛かりは見つからない。

続いて二階を見せてもらう事になった。

霊視　二

家のほぼ中央に位置する階段を上っていく。

二階も一階と同じように回り廊下が四方を巡っていた。

階段を上り切って正面の窓を見ると、ちょうど木々の間から山の下の田園が見下ろせるようになっていて、大雨でけぶっていなければ、かなりよい眺めのはずだ。

先日訪れた時、私が帰る時に長女と思しき女性が見下ろしていたのもこの窓だった。


再び北畑さんを先頭にして屋内を見て回る。

ゆっくりと廊下を進んでいたが、ある部屋の前に来た時、静恵さんが口を開いた。

「ここが長男の栄一の部屋です。今日はおりますのでご挨拶させますね」

栄一は兼二さんと静恵さんの息子で、二人だけの姉弟なので長男に当たる。

確か中学二年生と伺っていた。


静恵さんは栄ちゃん、と襖越しに部屋の中に呼びかけた。

間を置かずして襖が開けられた。

部屋から色白で真面目そうな少年が出てきた。

静恵さんに促されて小さくお辞儀をした。

「栄一です」

弱々しい声だった。

静恵さんが、栄一はこういう子で云々と紹介してくれたが少年はその間、木の床にぼんやりと視線を落としたまま黙っているだけだった。

北畑さんは栄一に近づくと肩に手をかけながら優しく話しかけた。

「大丈夫や。おじさんに任せてな」

栄一は小さく頷いたように見えたが、表情を変えず無言のままだった。

挨拶が済むと彼はまたすぐ部屋に戻っていった。

静恵さんが悲しげな表情を浮かべている。

私はふと誰かの視線を感じて廊下の向こうを見た。

少し離れた所にドアがあって、それが僅かに開いていた。

よく見ると、誰かがドアの隙間からこちらをじっと見つめていた。

面立ちから若い女性であるらしい事が分かった。

私が驚いてそちらを凝視していると、他の皆も気が付いてドアの方を見た。

何が可笑しいのか知らないが、やがてその女性はくつくつと笑い出した。

「塔子！」

兼二さんが叱りつけるように言うと、ドアはバタンと音を立てて乱暴に閉められた。

塔子、という名前を聞いて分かった。

今のが栄一の姉の塔子だ。

駅前の蕎麦屋のおかみさんも話していた。

「ごめんなさいね」

静恵さんが頭を下げた。

兼二さんの話では、塔子は中学から不登校になったのだという。

その頃はまだ村内の小中学校が存在していたので、彼女はそこに通っていた。

ただ、狭いコミュニティゆえに丑蔓家にまつわる噂は子供達の間にも伝わっていて、それが塔子に対するいじめにつながったようだ。


〝お前の家は呪われている〟


彼女自身の人格とは関係ない事で、心無い言葉を浴びせられた。

中学二年生のある日から彼女は部屋に引きこもるようになった。

中学を卒業後、両親は彼女に県外の私立高校に進学することを勧めたが、決して首を縦に振らなかった。

それから次第に精神のバランスを崩したということだった。

私は聞いていているうちに暗澹たる気持ちになってきた。

その後も二階の霊視を続けたが、新しい発見は無かった。

「何か感じるんだけど、やっぱりよく分からないねぇ……」

北畑さんも首を捻った。

大概の依頼では家の中を見て回れば原因を掴めるのだという。

家の中ではなく、屋敷の周囲に原因が存在するケースもあるというので翌日に改めて調べる事になった。


相変わらず外は雨が激しく降り続いていた。

タクシーを門の前に呼んでもらい、引き揚げる事にする。

玄関を出てから門まで静恵さんが見送ってくれた。


ふと気になって私は屋敷の方を振り返った。

すると二階の回り廊下の窓辺に、先週と同じように塔子が立っているのが見えた。

我々が帰るのを察して部屋から出て来たのだろうか。

黒っぽいノースリーブのワンピースを着ていて、窓に張り付くようにしてこちらを見下ろしていた。

雨粒が窓を叩いているせいで表情までは伺えない。

気がつくと清音も振り返って、しばらく二階を見上げていた。

やがてタクシーが門の前に車体を横付けしたので我々三人は静恵さんに挨拶し、タクシーへと乗り込み丑蔓家を後にした。

取材メモ一：丑蔓尚蔵氏

【丑蔓尚蔵氏の死因について】


尚蔵氏は現在の丑蔓家の家長の十蔵氏の兄にあたる人物で当時長男だった人だ。

そして北畑さんが最初に霊視を行った際に、一階の角にある部屋で彼の姿を幻視した。

彼は死亡時と同じ姿のままで天井からぶら下がっていたという。

尚蔵氏の死期については昭和二十八年頃と聞いている。

あの部屋は客室の一つとして使われていて尚蔵氏の居室ではなかった。

だが、ある涼しい夏の朝に首を吊って死んでいる尚蔵氏を家人が発見した。

書きかけの遺書のようなものが遺体の近くに落ちていたが、ひどく字が乱れていて判読は出来なかった。

享年十八歳だった。


弟の十蔵氏とは年が五つ離れていた。

兼二さんが聞いた話では快活で社交的な人物だったようで当時は大学への進学を控え、交際中の恋人もいた。

自ら死を選ぶような素振りは微塵もなかったという。

死の前日も、十蔵氏と村内の渓流に釣りに出かけるほどだった。

警察も検死の結果、事件性はないと判断した。


ただし遺体に奇妙な点があった。

尚蔵氏の死因は縊死だったが、死亡する前後に背中に重い火傷を負っていた事が分かった。

遺体が発見された時には寝間着を纏ったままだった。

火傷は背中の左側に放射状に広がっていた。

火傷を負った経緯については、今も分かっていない。

ちょうど人間の手の平のような形だったという。

駅前商店街での取材

雨は夜半には上がり、翌日はまた強い日差しが朝から降り注いでいた。

気温がどんどん上昇している。

私は宿泊していた安いビジネスホテルを出ると、さっそく村へと足を向けることにする。

昨夜は遅くまで兼二さんや静恵さんから聞き取った話をＰＣのテキストエディタに書き込んでいたので、まだ少し頭がぼんやりとしている。

今日は夕方から北畑さん達と合流して丑蔓家の調査を再開する予定になっているので、それまでに村の中で取材が出来ればと考えていた。


私が宿泊したのは村から二駅ほど離れた市街地にあるホテルだった。

電車の本数が限られているので、今日はレンタカーを使って動く事にした。

村に向かう県道で対向車とすれ違うことはほとんど無かった。

トンネルをいくつか抜けると村内に入った。

山の向こうには入道雲が湧き上がっている。

天気予報では今日は夜まで晴れるはずだった。

私は先ず駅前に車を走らせる。

先週入った蕎麦屋で早めの昼食をとりながら、おかみさんからもっと話を聞けないかと思ったからだ。


駅舎近くの駐車場にレンタカーを停めると商店街へと向かう。

今日は日曜日だというのに相変わらず人の姿は少ない。

歩いているのは、ほとんどが高齢者だった。


件の蕎麦屋の前に来ると、すでに暖簾が掛けてあったので安心した。

こんにちは、と言いながら私は店に入った。

前回来た時と同じく、店の中に客の姿は無かった。

正午頃になれば少しは人が入るのかもしれない。

おかみさんも私の顔を覚えていたらしく、訝しむような目で見た。

私は席に着くと早速蕎麦を注文した。

「今日もお仕事ですか？」

おかみさんの質問に、私は愛想笑いで答える。

「いいえ、実は私はこの地域の郷土史に関心があって取材していまして」

怪異を蒐集しているなどと言うと話がこじれそうだったので当たり障りのなさそうな事を

言っておく。

「それで丑蔓家はこの村の歴史においてもキーワードになりますので」

おかみさんはふうん、と気の無い返事をしたが、それでも新しい情報を教えてくれた。

蕎麦屋のはす向かいにある商店のお祖母さんが若い頃、丑蔓家で働いていたのだという。高齢のため最近はあまり店先に立つ事はないとの事だったが、話は出来るようなので訪ねてみるよう勧めてくれた。

私は食事を平らげたので、その商店を訪ねてみる事にした。


勘定を済ませて外に出ると、道路を挟んで反対側の並びに目をやった。

おかみさんの言った通り、おおはし商店と書かれた看板が掛けられた店が佇んでいる。

看板の字は長年の雨風に晒されて消えかかっていた。

酒、煙草の他に食品や日用品を扱っているというが、最近は多くの住民が車で街に買い出しに出掛けるので売り上げは良くないらしい。

年代物の色褪せたポスターが貼られたガラス越しに店内を覗くと、確かにお客らしい人の姿はなかった。

引き戸を開けて店内に入るとエアコンがついているのか外よりは幾分涼しかった。

レジの横で五十代くらいの女性が品出しか何かをしていた。

すいません、と私が声をかけると女性は驚いて振り返った。

蕎麦屋のおかみさんに紹介された事と、先程と同じく土地の歴史を調べている旨を伝えて名刺を渡した。

商店名がプリントされたエプロンを着けたこの女性は主に店を切り盛りしている奥さんで、大橋明子さんと名乗った。

旦那さんは街まで勤めに出ていて、今日は休日なので釣りに出かけているのだという。

私は明子さんと世間話をした後、丑蔓家の話を切り出した。

「確かにうちの義母は丑蔓さんの所で昔、働いていたと聞いてます」

明子さんが言ったので、私は直接お祖母さんに話を聞けないかお願いしてみた。

すると明子さんはレジのすぐ後ろの戸を開けると、義母に聞いてみると言い残し、奥に消えていった。

ばあちゃん、と明子さんが何度か呼びかける声が聞こえた後、お祖母さんらしき年配の女性が戸から顔を出して私を見た。

顔には深い皺が刻まれ、腰が曲がっていたが祖母の大橋トキさんは矍鑠《かくしゃく》とした雰囲気だった。

私が丁重に挨拶すると、奥に上がるように勧めてくれた。

店の裏側にある玄関に回ると、茶の間に通された。

普段はあまり来客もないという事で、トキさんは意外にも歓迎してくれた。

ただしばらくの間は、この村の自慢話のような事を延々と聞かされる。

何でもこの村出身のプロ野球選手がいたとかで、当時のエピソードをトキさんは繰り返し話した。

私はあまり野球に詳しくないので、適当に相槌をうっていた。

そのうち戦後の話になったので私はそれとなく水を向けてみた。

「お祖母ちゃんは若い頃、丑蔓家で働いていたんですよね？」

そう言った途端にトキさんの表情が険しくなった。

「あそこは祟られ筋だ」

声をひそめて、蕎麦屋のおかみさんと同じような事を口にした。

「あの家では昔、何があったんですか？」

私が敢えて聞くと、トキさんは身振り手振りを交えて当時の話をしてくれた。


かつて丑蔓家では様々な事業の一環として、養蚕業も手がけていたという。

戦後間もない頃、まだ十代だったトキさんは丑蔓家の土地に建っていた養蚕小屋で働いていた時期があった。

朝早くから蚕の世話の手伝いをしていた。

トキさんが若かった頃から丑蔓家の評判は良くなかったが、戦後間もない当時は他に働く場所もない。

大橋家は貧乏だったので仕方なく働きに出ていたという事らしい。

トキさんが、丑蔓家の周辺でおかしな現象を見たのは終戦から数年経ったある夏の事だった。

それはちょうど、現在の家長の十蔵氏の兄である尚蔵氏が死亡した年に重なる。

その尚蔵氏は、トキさん達が働く養蚕小屋を時々ぶらりと訪れることがあったという。

尚蔵氏は横柄な態度で作業場を見て回り、肩越しに人々が働いているところを覗き込んだという。

トキさんのような年頃の村の娘達も何人かいたが、彼は時々ちょっかいを出したり、悪ふざけをするというので兎角嫌われていた。

しかも時々、尚蔵氏の恋人らしき女まで連れ立ってきた。

尚蔵よりも年上で、戦後のまだ貧しかった時代に派手な着物を着て作業場に現れては騒いだらしい。

だからトキさん達は陰でこう言っていた。

「あいつも丑蔓の長男だから、そのうちくたばる」

金持ちに対するやっかみも多分に含まれていたのかもしれない。

だが尚蔵氏は、そう言う暗黙の空気を跳ね返すように威勢良く振る舞っていたという。

そんなある日のこと。

トキさんが夜まで小屋で働いていると、どこからか獣の咆哮のような音が聞こえてきた。

耳をそばだてると、どうも小屋の外の山の方から響いてくるらしかった。

地の底から湧くような低く、獰猛な雄叫び。

それが断続的に聞こえる。

一瞬、熊かと思ったが違う。

以前トキさんは熊の鳴き声を聞いた事があるそうだが、そんなものではなかったという。

ちょうど一人で作業していたトキさんは怖くなってぶるぶると震えた。

だがしばらくすると、いつのまにか声は聞こえなくなった。

するとそこに、長男の尚蔵氏が一人でずかずかと作業場に入って来た。

天井からぶら下がっているオレンジ色のランプに照らし出された顔が赤鬼のように紅潮し、目が血走っている。

酒を飲んで酔っ払っているようだった。

「お前一人か？」

尚蔵氏はそう言うと、傲岸不遜な態度でトキさんに詰め寄って来た。

トキさんが何も言えず立ちすくんでいると嫌らしい笑みを浮かべ、突然背後から抱きつかれた。

彼の顔が耳の横に強引に近づけられ、酒臭い息が鼻をつく。

助けを呼ぼうにも、驚きと恐怖で身体がこわばり声が出ない。

その時。

再び咆哮が響き渡った。

小屋の壁の向こうに広がる木々の奥から、巨大な獣のような叫び。

トキさんは驚いて目をつむった。

それと同時に、がっしりと組みついていた尚蔵氏の両腕がトキさんからするりと離れる。

見ると尚蔵は呆然と声のする方を向いていた。

いっぺんに酔いが醒めでもしたのか、さっきまでの顔の赤みが引き一切の感情が消えている。

怯えているという風でもなく、ただ魂が抜けたようにぼうっと声の方を向いているのだ。

獣の咆哮はまるで尚蔵氏を呼ぶかのように何度も繰り返し聞こえてくる。

尚蔵氏は声が響くに従い、やがて恍惚とした表情を浮かべた。

いつのまにか顔色は死人のように白くなり、穏やかな微笑が口元に寄っている。

なぜあんな気味の悪い遠吠えにうっとりと聞き入っているのか。

トキさんは心底恐ろしくなったという。その場から身動き出来なくなり、ただただ目と耳を塞いでしゃがみこんだ。

どのくらい時が過ぎただろうか。

気がつくと獣の声はぴたりと止んでいた。

今度こそ去ったようだ。

尚蔵氏はといえば口を半開きにしたまま、馬鹿みたいに突っ立っていた。

相変わらず無表情のままトキさんを一瞥すると、まるで魂が抜けたように、たどたどしい足取りで養蚕小屋を出て行った。

それが生きた尚蔵氏を見た最後だったという。

その数日後、彼は首を括って死んだ。

ただ、トキさんが他の人に聞いた話によれば、件の夜以降も尚蔵氏は普段通りの傍若無人な振る舞いを見せていたという。


あの夜に聞いた異様な咆哮は何だったのか。

また、それに呼応するかのような丑蔓尚蔵氏の奇妙な行動が何を意味するのか。


数十年経った今も、トキさんには分からないのだそうだ。

霊視（屋敷の周囲）

夕方になると幾分涼しくなっていた。

西日が村道をオレンジ色に染めている。

山の方からひぐらしの鳴く声が風に乗って聞こえてくる。


私は丁重に礼を言って、おおはし商店を辞した。

兼二さん夫妻から聞いていた話とはだいぶ印象は違ったが、戦後の丑蔓家や尚蔵氏に関する貴重な体験談を聞けた。

「悪いことは言わないから、あの家には関わらん方がいい」

大橋トキさんは別れ際にそう告げた。

私はそれには答えず、曖昧な笑みを返した。

なにせこの後、北畑さん達と合流し屋敷の調査を再開しなければならないからだ。

私は時刻を確認し、足早に駅前の駐車場に戻る。


「種島さん」

駐車場に停めていたレンタカーに近づいた時、背後から私を呼ぶ声がした。

振り返ると北畑さんと、清音が並んで立っていた。

定刻通りだ。

北畑さんは白い半袖のワイシャツを着て地味なスラックスを穿いている。

いつもながら質素な出で立ちだ。

素性を知らなければ、役所にでも勤めていそうな温厚なおじさんにしか見えないだろう。

だが四国では名の知れた霊能者だ。

インチキな霊能者も多いだろうが、彼は丑蔓家でもすでにいくつかの事実を言い当てている。

私は今夜も密かに期待していた。

二人を後部座席に乗せて丑蔓家へと車を走らせる。


運転しながら、私は大橋トキさんから聞いた昭和期の丑蔓家のエピソードを話した。

北畑さんは一通り話を聞くと首を捻った。

「これまで色々祓ったりしたけど、そんなのがいるとは聞いた事ないねぇ。狐や犬神なんかでもそんな大きいのはいないよ」

確かに、得体の知れない獣の咆哮が聞こえたなどという話は荒唐無稽で信じ難い。

ただ大橋トキさんが嘘を言っているようには見えなかった。

その時の尚蔵氏の奇妙な反応といい、何か丑蔓家と関係があるという気がする。

「ただ、昨日家の中を見て回った時に何も見つからなかったのは確かに妙だったね。普通は尻尾を出すんだけど。何かは分からないけど、あのお家にはよっぽど厄介なものがいるのかもしれない」

珍しく北畑さんの表情が少し曇っていた。


やがて山道を登り、丑蔓の屋敷に到着した。

車から降りると平地よりも空気が涼しい。

空はすっかり紫色に染まり、薄雲がかかっている。

山林からの蝉の鳴き声が、より近くにこだまして耳に心地よかった。

今日も静恵さんが出迎えてくれ、板の間に通された。

挨拶もそこそこに、私は用意しておいた昭和中期の住宅地図のコピーを座卓の上に広げた。

今日は屋敷の周囲を調べるので準備したものだった。

かつての丑蔓家の敷地は今よりもだいぶ広かったようだ。

「そうです。今の家は平成二年頃に建て替えました」

兼二さんが言った。

昭和期の丑蔓家の敷地内には母屋の他に離れや、大橋トキさんが働いていたという養蚕小屋や大きな納屋もあった。

現在建っている塀の外まで広がっていた事になる。

早速腰を上げると屋敷の周囲を見て回る事にした。

昨日と同じく北畑さんと清音が先頭に立つ。

辺りはすでに薄闇に包まれている。

この時間帯に調査しようという事になったのは、日中に外を歩き回ると暑さで倒れてしまいそうだったのもあるが、夕方以降の方が霊的な存在を捉えやすくなるからだという。

時々業者を呼んで草刈りをするという事で、土の上にはそれほど雑草は生えておらず、歩くのに支障はなかった。

私はちらりと林の方を見た。

日が沈みかけているので、木々の間はすでに暗くなっている。

大橋トキさんが聞いた咆哮は、この奥から聞こえたのだろうか。

私は兼二さんと静恵さんに確認してみたが、二人ともそんな獣の鳴き声は聞いたことがないという答えだった。

北畑さんは慎重に歩みを進めながら、何かの気配を窺っている。

屋敷の背後に回った時、北畑さんの足が止まった。

「ここ、この下から声が聞こえる」

彼は地面を指差しながら言った。

皆も驚いて立ち止まった。

「清音にも聞こえるかい？」

北畑さんが尋ねると清音は小さく頷いた。

「はい。……女の人の、声です」

清音にも何かが聞こえているようだった。

私も耳を澄ませてみたものの、蝉の声以外は何も聞こえない。

そもそも、北畑さんが指し示しているのは何もない赤土の地面だ。

なぜそんな所から声など聞こえるのか。

「スコップ有りますか？」

私が質問するより先に、北畑さんが振り返って兼二さんに聞いた。

「ええ、今持ってきます」

兼二さんは踵を返すと、倉庫にスコップを取りに行った。

「ここに何があるんですか？」

私が尋ねると北畑さんは地面のある一点を円を描くように指し示した。

「この辺りの地面の下からね、誰かが呼んでる声がするんだよ」

清音も沈黙したまま同じ場所を凝視している。

やがて兼二さんが小走りでスコップを片手に戻ってきた。

「ここを少し掘っても問題ないですか？」

夫妻に了承を得ると北畑さんは土を掘り起こし始めた。

湿った土中から団子虫やらムカデやらが這い出してくる。

何度かスコップの先を地面に突き立てていると、やがてカツン、と硬質な音が響いた。

「これだね」

北畑さんが手を止めた。

スコップが掘った場所に灰色の石のような物がのぞいている。

その場所の周囲の土をさらに掘り返して広げていくと、真っ平らなコンクリートのような何かが出て来た。

「石蓋だ……。多分、井戸だね」

北畑さんが呟いた。

「ここに井戸があったんですか？」

私は夫妻に聞いてみた。

静恵さんは知らないようだったが、兼二さんは何か思い当たる事があるようだった。

「そう言えば、私がまだ子供の時に母から聞いた事があります。建て替えをする以前の母屋の裏に昔、井戸があったって言っていました」

兼二さんが生まれる前にはもう埋められていたという事だが、確かに井戸があったという。

「もう使わなくなったとかで、埋めたと聞いてました。自分も正確な位置は知りませんでしたが……」

北畑さんは服が汚れるのも構わずに地面に寝そべると、その石蓋に耳を当てた。

「誰かね、人の名前を呼んでるよ……」

横になったままの状態で言った。

しばらくすると、ちょっと分からないなと言いながら北畑さんは立ち上がった。

入れ替わるように清音が石蓋の前に屈み込んだ。

そっと平らな表面に手を触れた。

目を閉じて意識を集中しているようだった。

「……なおまさ、と言っているように聞こえます」

清音は目を閉じたまま言った。

相変わらず二人以外には何も聞こえていない。


なおまさ。

男性の名前ではないのか。


何か手掛かりになるかもしれないと思った私は、兼二さん夫妻に聞いた。

「なおまさ、という名前の人は丑蔓家にいますか？」

兼二さんと静恵さんは顔を見合わせたが、思い当たる人物はいないようだ。

「いえ、私らの知る限りでは……」

「名前を繰り返し呼んでいますね……」

清音は立ち上がりながらそう告げた。

「この井戸で人が亡くなってるね……。誰かが落ちたと思う」

北畑さんが顎を手で撫でながら言う。

「そう言った事故が過去にありましたか？」

私は夫妻に聞いた。

「いいえ、聞いた事がないです……」

兼二さんは困惑気味の表情を浮かべた。

そもそも井戸があった事も忘れていたのだから、事故があったかどうかなど分からなくて当然だろう。

「どなたか知っている人は？」

そう尋ねると兼二さんは少し考え込んでから言った。

「叔母が、父の妹が何か知っているかも……」

今の家長、十蔵氏の妹さんがご存命だという。

もっとも、ずっと前に他家に嫁いで丑蔓家を出ているそうだが。

「その人に確認した方がいいね。それからこの井戸、蓋をしただけで埋めてないんじゃないかな」

北畑さんが言った。

場合によっては石蓋を一度外して、中を見てみる必要があると言う。

井戸を埋めないのは良くないのだそうだ。

気がつくと日が沈みかけて暗くなっている。

霊視は今日のところはここまでという事になった。

だが収穫はあった。

またしても北畑さんは隠された事実を言い当てた。

忘れられていた井戸の存在。

詳しいことはまだ分からないが、かつてここで人が亡くなっている可能性があるという。

地面の下から聞こえる声。

そしてその声が呼ぶ『なおまさ』という人物が誰なのか。

この事が丑蔓家で起こる凶事と関連があるのかは不明だが、私達は引き続き調査をする事になった。

取材メモ二：丑蔓晃一郎氏

【丑蔓晃一郎氏の死因について】


兼二さんの兄である、丑蔓晃一郎氏が死亡したのは平成十一年の九月の事だった。

村内の農業用水路内で溺死しているのが発見された。

晃一郎さんは当時十七歳で、高校二年生だった。

事件の前後の事を兼二さんは今でもはっきりと覚えているという。

台風が近づいたある朝、晃一郎さんは家から突然姿を消した。

前日まで変わった様子はなかったらしいが、いつまでも起きてこない晃一郎さんを母親が部屋まで呼びに行くと寝床が空になっていた。

前夜に就寝のため自室に戻ったのは家族も目にしていたので、夜中に忽然と姿を消した事になる。

しかも、玄関には彼の靴は残されたままだった。

高校にも登校していない事が分かり、家族は警察に捜索願いを出した。

駐在の警察官と地元消防団によって晃一郎氏の捜索が始まった。

兼二さん達家族も、家の周囲などを必死に探したが兄の姿は見当たらない。

昼頃から大雨が降り出したため捜索は難航した。


結局、彼が発見されたのは翌日の朝だった。

田圃の横を流れる、狭い農業用水路のトンネル内で遺体が見つかった。

ただ、これには不審な点があった。

その用水路のトンネルは小さな子供がやっと通り抜けられるほどの狭さだった。

晃一郎氏は匍匐《ほふく》前進のような状態で、狭い空間に無理矢理に身を捩じ込んだようなのだ。

トンネルの入り口から十メートルほど進んでいたため、壁との摩擦で衣服が破れて全身に傷があった。

相当な強い意志を持って奥まで進んだ事になる。

死亡推定時刻は発見前日の十二時頃で、晃一郎氏はトンネル内に入ってしばらくは生きていたらしい。

台風による大雨で用水路の水位が上がった事により溺死したと見られている。

晃一郎さんは何らかの理由で水路トンネル内に入って出られなくなったか、自殺の可能性も考えられた。

ただ遺書などは見つかっていない。

晃一郎さんが失踪する前日も、兼二さんは一緒に夕食をとっている。

テレビのバラエティ番組を見ながら談笑していた兄が、翌日にそんな行動を取るとは考えられないという。

警察も現場検証や検死の結果、事件性はないと判断した。

一体何のために狭くて暗いトンネル内に侵入したのかは今でも謎のままだ。


また、晃一郎氏の遺体には妙な火傷があった。

左胸のあたりに、成人の手の平くらいの大きさで皮膚が赤く焼け爛れていた。

この火傷は直接の死因ではなかったが、事故の起こる直前に負った可能性が高いという。

家族も彼が火傷を負っていた事は知らなかった。

この晃一郎氏の突然の死から、兼二さんと父の十蔵氏の関係には溝が出来たようである。

井戸に関する事実

丑蔓家の調査から数日後、私は北陸の海沿いの街を訪れていた。

屋敷の背後から見つかった井戸に関する取材をするためだ。

あの井戸に纏わる情報を知っている可能性があるのは家長の十蔵氏だが、彼は寝たきりのため話を聞く事が出来ない。

ただ、彼以外にもう一人だけ話を聞ける可能性がある人物がいた。

その方は十蔵氏の妹の、旧姓丑蔓信代さんという女性だった。

もうずっと前に嫁いで家を出ていて、現在は長岡姓に変わっている。

信代さんは現在、糖尿病の治療のため入院しているとの事だった。

ただ症状は軽いので面会等は問題ないという。

兼二さんに紹介してもらい、私はお会いする事になった。


磐越自動車道を通って現地に着いたのは昼過ぎだった。

病院は山の中にあって、日本海を見下ろす位置に建っている。

病室で長岡信代さんは私を迎えてくれた。

年齢は八十手前で少し耳が遠くなっているようだったが、思いのほかお元気だった。

私はお土産を渡して挨拶すると、ベッドの横の椅子に腰掛けた。

現在の丑蔓家の人々、甥の兼二さんやその息子の栄一さんの近況等を話すと嬉しそうに目を細めた。

話が弾んできたところで、私は例の井戸について聞いてみた。

「ああ、昔確かにあったねえ……」

信代さんは宙を見つめて、記憶を辿っているようだった。

「今その井戸について調べているのですが、あそこで過去に事故か何かがあったという事はないですか？」

しばらく考えた後、彼女は言った。

「私らの曾祖父さんが生きてた頃に、人が落ちたって話が確かにあったよ……。私らが子供の頃に聞いたねえ」

「詳しく教えて頂けますか？」

「あんまりはっきりは覚えてないんだけど、あの井戸に瞽女《ごぜ》さんが落ちて死んだって話だったよ」

「瞽女さんとは、旅芸人の……？」

私の問いに信代さんは頷いた。

瞽女とは、かつて日本各地を巡業して三味線を弾きながら民謡や流行り唄などを歌う事を稼業としていた人々だ。

視覚に障害を持つ女性が瞽女になったと言われ、起源は室町時代まで遡る。

今とは違いネットやテレビもない時代、村々を訪れる彼女達は人々にとって貴重な楽しみの一つだった。

瞽女の唄は無形文化財として認定されるほどの芸能だったが、戦後は社会構造が大きく変わった事によって彼女達は廃業を余儀なくされた。

「昔はね、瞽女さんがあの村にもよく来てたんだよ。うちの屋敷にも門付けに来てたようだよ……」

信代さんの話によれば、そんな瞽女の一人が誤って井戸に落ちた事があったという。

かつて屋敷の裏側に存在した井戸で、確かに人が亡くなっていたようだ。

私は北畑さんや清音が聞いたという声の事を思い出した。

地中の井戸から聞こえる呼び声。

その声は『なおまさ』と聞こえたらしい。

なおまさ。

男性の名前に思える。

「なおまさ、という名前に心当たりはありませんか？」

「ちょっと分からないねえ……」

信代さんは首を捻った。

「何か他に思い当たる事はありませんか？」

「……そういえば、瞽女さんは小さな男の子を連れていたと聞いたね」

名前までは分からないが、瞽女さんには連れ子がいたという。

あんまり御先祖の悪口は言いたくないけど、と前置きしながら信代さんはその後の経緯を話してくれた。

瞽女さんが亡くなった後、その連れ子だけが残される形になった。

しかし信代さんの曾祖父にあたる人（当時の丑蔓家の当主）の態度は冷淡なものだった。

その瞽女には身寄りはいなかったらしく、遺体は寺に引き取られた。

それが済むと、連れ子だった男の子をさっさと追い払ってしまったのだ。

丑蔓家側には過失は無かったのだろうが、寒空の下、男の子は何処へともなく去ったという。

その数日後、その子が川原で死んでいるのを村人が見つけた。

瞽女さんの実子かどうかも分からないが、もしかするとその子が『なおまさ』ではないのか。

この時の当主は丑蔓嘉太郎という人だった。

信代さんによると、曾祖父である嘉太郎氏は零落しかかっていた丑蔓家を一代で立て直した人物だという。

当時、ほぼギャンブルに近かった米相場で奇跡的に大儲けして、それを元手に金貸しを始めた。

あまりにもその経営が上手かったので、あっという間に丑蔓家は財を成した。

相当の切れ者だったようだが、とかく評判は悪かった。

情の薄い男で、借金の取り立てなどは相手がどんな窮状に陥っていても容赦しなかった。

信代さんの両親は、嘉太郎氏が笑ったり怒ったりといった人間らしい感情を顔に出すのを見た事がなかったらしい。

私はこのエピソードを聞いて、何か掴めたような気がした。

丑蔓家で長男が立て続けに死ぬのは、もしかしたらこの話が因縁になっているのではないか。

無念のうちに死んだ瞽女。

残された子供を無下にされた女は、この家に対してどんな想いを抱いただろうか。

その後、供養される事もなく井戸は封印され、そのまま忘れ去られていたのだ。

だとしたら、長い年月を越えて怨みの念が残っていたとしてもおかしくないのではないか。

そんな想像が浮かんだ。

もちろん、まだ確証はない。

怪談好きの私の頭が生み出した推測だ。

だが早速この件を北畑さん達に共有する事にした。


病室の少し開いた窓から風が吹き込んできて、カーテンを揺らした。

気がつけば時計は午後四時を指している。

私は長居した事を信代さんに詫びて病室を後にした。

車に戻ると車内はひどく暑かった。

車を発進させて海岸沿いを走る。

水平線の方にはいつのまにか黒雲が立ち込めていた。

この後天候が崩れそうだ。

私は道沿いにあったレストランを見つけて入店すると、早めの夕食をとる事にした。

窓際の席に座り、料理が出るまでの間に信代さんから取材した内容の簡単なメモを作成する。

これをメールで送信した。

北畑さんは携帯を持っていなかったので、予め連絡先を交換しておいた清音のスマートフォンに送った。

間を置かず清音から返信があった。

北畑さんにもすぐに伝えます、と短く書かれていた。

明日の午後にはまた会うので、そこで意見が聞けるはずだ。


料理が運ばれてきたので私はＰＣを片付けた。

食事をしながら窓からぼんやりと外に広がる海の方を眺める。

日本海は波が荒いイメージがあったが、今日は穏やかだ。

ただ、先程からの暗雲がだんだんと空を覆ってきているので帰り道は大雨になりそうだった。

慰霊

翌日、私達はいつもの駅前の駐車場で合流した。

時刻は午後一時を過ぎていた。

今日も真夏日で、青空が広がっていた。


二人を後部座席に乗せると、丑蔓家へと向かう。

道すがら、長岡信代さんから取材した事について意見を聞いてみた。

「その瞽女さんが原因になっている可能性は確かにあるかもしれない……。子供を残して死んだ母親の念は相当強いから」

北畑さんは顎をさすりながら言った。

「やはり、その母親が子供を無下にされた恨みで丑蔓家の子供に祟っているということですか？」

私も昨日思いついた事を聞いてみた。

「いや、多分恨みとかじゃないんだよ。子供が心配だって気持ちが凄く強い。井戸から聞こえた声で何となく分かったんだけど」

「では、あの家で長男が亡くなる事と井戸で亡くなった女性はあまり関係ないと？」

「いや怖いのはね、子供を思う念が強過ぎていつまでもこっちに留まってると他の悪いのを呼び寄せちゃう事があるんだよね」

「他の悪いもの、ですか？」

「そう。狐とか蛇とか、そういう低いのが寄って来て一緒になっちゃうんだよ」

私は怪談好きの割に幽霊だとかの類いが全然見えない方だった。

だから北畑さんの話が中々飲み込めない時もあった。

彼によると、不慮の死を遂げた人の強い念に引き寄せられて、他の浄化されていない霊や狐や蛇などの動物の霊が集まって一つに重なってしまう事があるのだという。

「そういうのが集まって、丑蔓さんの家に悪い影響を与えているかもしれないね」

話し込んでいるうちに、丑蔓の屋敷が見えてきた。


今日は兼二さんは仕事で出ているので、静恵さん一人が迎えてくれた。

いつものお手伝いさんが麦茶の入ったグラスを運んできた。

五十代くらいの女性で古谷さんという人だ。

だいぶ長く丑蔓家に勤めている方という事だった。

私は早速、長岡信代さんから伺った話を静恵さんに伝えた。

彼女は頷きながら聞いていた。

「もし出来れば井戸の蓋を開けて、中の様子を見られたら良いのですが……。必要ならそのまま供養をしたいと思います」

「分かりました。主人に相談しないといけませんので、また改めてお返事します」

一旦は兼二さんと相談して決めるという事になった。

おそらくは来週になるだろう。

帰る前にもう一度、屋敷の裏にある井戸に立ち寄る事にした。

この前は夕暮れ時に来たから気がつかなかったが、その場所はまだ日が高いうちから木陰になって薄暗かった。

しかもそこだけが、空気がひんやりとしている気がする。

北畑さんと清音は剥き出しになった井戸の蓋の両側に立ち、しばしの間耳を澄ませていた。

やはり女性の声がするとの事だった。

私も先日と同じように耳を澄ましたが、何も聞こえない。

だが、いざ立ち去ろうとした時、か細い女性の泣き声のような音を耳が捉えた。

正確にはそんな気がしただけだが。

緊張していたので、風の音か何かを聞き間違えたのだろうと思って口には出さなかった。

丑蔓家を後にすると私は二人を駅まで送った。

この後は東京に戻らないといけない。

北畑さんと清音も他の仕事があるので一度四国に帰ることになった。

もし井戸を開けて祭祀を行う事が決まったら、またこの地を訪れる事にしてその日は別れた。

祭祀

翌週の週末、私は車で羽田空港へと向かっていた。

北畑さん達は四国から飛行機で来る予定だが、祭祀のための荷物がかなりあるとのことで現地まで私の車で運ぶ事になっている。


丑蔓静恵さんから返事があったのは、あれから二日後の事だった。

夫の兼二さんと話し合って井戸を開けて供養を行う事を決めたという。

何よりも息子の無事を願っての事だった。

井戸の蓋を開けるための工事業者を手配したので、北畑さん達に立ち会ってほしいとの事だった。

早速私は北畑さんに電話して日程を伝えると快諾してくれた。

「供養の準備をして行きます。これで全て治るといいね」

自然、私の期待は高まった。

これまで彼は多くの問題を解決してきた実績がある。

丑蔓家の死の連鎖もこれで収束し、因果関係も解明されるかもしれない。

そうなれば非常に面白い原稿が書けそうだ。

私の中にはそうした打算もあった。

北畑さんが週末には伺えるという旨を静恵さんに伝えると、非常に喜んでいた。

丑蔓家の方でも親族に声をかけて、集える者は供養の祈祷に参加する方向だという。


空港に着くと、一階の到着ロビーで二人を待つ事にする。

あらかじめ清音からメールで飛行機の到着時刻は知らされていた。

しばらくすると二人が姿を見せた。

清音はサングラスを掛けていたので、すぐには彼女だと気づかなかった。

スーツケースの他に、キャリーカートにしっかりと固定された漆塗りの木箱を引いている。

華奢な体型の割に力があるようだ。

北畑さんはいつものように質素な格好をしている。

素朴な笑みを浮かべて、私の方に手を振った。


二人を伴って車を停めてある駐車場へと向かった。

外はよく晴れている。

季節は八月の終わりだったので、まだまだ暑い。

天気予報では、現地も快晴になるようだ。

私は二人を乗せると車を出した。

久喜インターチェンジから東北自動車道に入る。

「今日、大丈夫そうですか？」

運転しながら北畑さんに尋ねてみる。

「うん、悪い感じはしないね……。多分上手くあげられると思います」

リラックスした表情だった。

彼は浄霊の事を、『あげる』と表現することが多かった。

「それに今回は清音もいるからね……。この子は時々、私よりも力を発揮するよ」

北畑さんは清音を指して言った。

ルームミラー越しに清音を見ると、少し照れたように俯いていた。

北畑さんの言うところによると、清音は潜在的な力は非常に強いらしい。

ただそれを使いこなすには経験を積まないといけないという。

「清音さんはどう思いますか？　丑蔓の家について」

私はあえて清音にも水を向けてみた。

彼女はいつも大人しく、あまり発言しない。

だから意見を聞いてみたくなったのだ。

「私は……。まだ何とも言えないです。あの家は分からない事が多いので」

「分からない事とは？」

「その、上手く言えないんですが……」

清音は口ごもった。

「うん、そうなんだよね。あの家は色んな事が見えにくくなってる」

北畑さんが口を挟んだ。

「それはどういう事なんですか？」

「何かの結界みたいなものが張られていると思う。今の丑蔓家の人達が気が付いているか分からないけれど……」

「結界ですか？」

「そう。私らみたいな力を持った人間に見えなくするようなやつだね……。だから丑蔓さんの家の中を観察しても家系図を見ても、よく分からなかった」

「誰がそんなものを？」

「さあ、それは分からない。あの家のご先祖かもしれないけれど……。いずれにせよ、あんなのは見た事ないねえ」

北畑さんは眉間にしわを寄せた。

一体誰が何の意図でそんな結界を仕掛けたのか、皆目検討がつかない。

その後何度かサービスエリアで休憩を取りながら三時間ほど走り、高速を降りた。

県道をしばらく走ると丑蔓家のある村へと入った。

今日も道路の先に陽炎がゆらゆらと立ち昇っている。

丑蔓家にたどり着くと、すでに駐車場にはトラックと乗用車が何台か停車していた。トラックの側面には解体業者の社名があった。

他の車は丑蔓家の親戚筋が乗ってきたものだろう。

門を潜ると兼二さんが駆け寄ってきた。

「お待ちしてました。ちょうど今、業者が作業してますので」

車の後部座席から荷物を降ろして母屋に運び込むと、早速屋敷の裏手に回り込んだ。

すでに井戸の周りは親戚と思しき人達が数人囲んでいて、作業を見物している。

その内の一人が私の方を振り返った。

「種島さん、ご無沙汰してます」

私に声をかけたのは、この丑蔓家を紹介してくれた西脇さんだった。

最近は連絡を取っていなかったが、今日は彼も本家に駆けつけたようだ。

いつもは静かな丑蔓の屋敷も今日は活気があった。

「取材だけだと思っていたら、ここまで進展していたとは驚きましたよ」

西脇さんはタバコを携帯灰皿に入れながら言った。

「いいえ、私は何もしてないです。ただ信頼出来る霊媒の方がいたので兼二さん達に紹介しただけです」

「以前だったら、こんな事は絶対出来ませんでしたよ……。爺様がもの凄くうるさかったから、誰も口を出せなかったので……。でも、今はね」

西脇さんはそう言いながら顎で母屋のほうを指した。

奥の部屋で寝たきりの祖父の十蔵氏の事を言っているのだ。

どうやら十蔵氏は親類からも、あまりよく思われていないらしい。


西脇さんとの立ち話を切り上げ井戸の方を見ると、業者によってすでに周囲の土が掘り返されていた。

井戸のふちの部分が露出していて、あとは石蓋を外すだけのようだ。

兼二さん夫妻と打ち合わせるために母屋に戻った。

先ずは北畑さん立会いのもと蓋を外して、その後で家の中で供養の祈祷を行う流れとなった。

祈祷は仏間に祭壇を立てて行われる。

車から降ろしていた漆塗りの箱を、仏間へと運び込んだ。

箱の中には古びた木で作られた脚や天板が分解されて収納されていて、これを組み上げると祭壇になるらしい。

北畑さんと清音は祭壇を組み始めた。

割と簡素な作りのもので、天板の上には何本かの御幣のような物が立てられた。

これで準備は出来たという事だった。

次はいよいよ蓋を開けるので、親戚の者も含めて全員が屋敷の裏の井戸に集められる。

「……あの、ちょっとよろしいですか？」

外に出ようと玄関に向かった時、私は誰かに呼び止められた。

振り返ると広い廊下の隅に、人目をはばかるようにして初老の女性が佇んでいた。

その人は丑蔓家のお手伝いさんだった。

名前は確か、古谷さんだったと思う。

いつも訪ねた時にお茶を出してくれる人で、長くこの屋敷に勤めているという。

「どうしました？」

私は、身を小さくしている彼女に歩み寄った。

「あの、申し上げづらいのですが……」

古谷さんは言葉を切って、周りに視線を巡らせた。

近くに誰もいない事を確認してから再び口を開く。

「あの、やはり今日の事はお止めになった方がよいと思います……」

「え？」

私は思わず声を上げてしまった。

間も無く祭祀は始まろうとしているのだ。

「何故でしょうか？」

私が尋ねると、古谷さんは申し訳なさそうに答える。

「私のような者が口を出すのはおこがましいのは承知しています……。ただ旦那様がいたら、こんな事は許してくれないだろうと思いまして」

なるほど、と思った。

彼女は寝たきりの十蔵氏に気を遣っているのだろう。

祖父の十蔵氏は丑蔓家で起こる怪異について触れる事を異様なまでに忌避していた。

古谷さんは彼が健在だった時から仕えていたので、他の誰よりも心配なのかもしれない。

「大丈夫ですよ。今日供養を執り行う人はとても信頼できる霊媒師さんですから」

古谷さんが安心できるように私は言った。

すると古谷さんの肩が小刻みに震え始めた。

怪訝に思って見ていると、彼女はゆっくりと顔を上げた。


「あんたら死ぬよ」


私は言葉の意味を理解出来ず、絶句した。

古谷さんの顔に何とも言えない厭な笑みが広がっている。

先程震えていたのは嗤っていたのだと気付いた。

それにしても何という物言いだろうか。

私はこれ以上話しても無駄だと悟って初老の女に背中を向けた。

祭祀が成功し、長く続いた丑蔓家の祟りが終われば目が覚めるだろう。

背中に憎悪の視線を感じながら私はその場から立ち去った。


玄関から出て屋敷の裏手に回ると、すでに一族の人々が井戸の周囲をぐるりと取り巻いていた。

今日は長男の栄一も立ち会っている。

感情のない顔で井戸の方を見るともなく見ている。

両親である兼二さんと静恵さんが栄一の両隣に立って、彼の肩に手を置いた。

二人とも緊張しているのが分かった。

今日も姉の塔子の姿はなかった。

多分自室にいるのだろう。

解体業者が機材を使って、固定されていた井戸の蓋を剥がしていく。

先日お会いした長岡信代さんの話から推測するなら、この井戸は百年の間、閉ざされていた事になる。

井戸の周囲を取り囲む親族達も、誰一人として言葉を発する者はいない。

「では開けますが、よろしいですか？」

業者の一人が振り返って聞いたので、兼二さんは静かに首を縦に振った。

男が二人掛かりで石のぶ厚い蓋を持ち上げた。

蓋が外れた瞬間、ごおっと音がして外の空気が一気に井戸の内部に流れ込む。

それから少し間があってから、中に溜まっていた瘴気がゆっくりと外に漏れ出してきた。

形容しがたい異臭が鼻をつき、取り囲んでいた人々はたまらず後ずさりした。


私は口と鼻を手で押さえながら前に出て、井戸の中を覗き込んでみた。

石を積み上げて組まれた井戸の内壁には、黒いぬめりが隙間なくびっしりと覆っていた。

砂などで埋める事もせず、ただ密閉していたので水が腐敗し中にガスが溜まっていたのだろう。


驚いたのは井戸の直径が意外な程小さいという点だった。

おそらく八十センチも無いように見える。

こんな狭い穴に逆さまに落ちたのなら、ほとんど身動き出来ないはずだ。

私は改めてここで亡くなった瞽女に思いを馳せた。

連れ子の事を思いながらの無念の最期だっただろう。

井戸は結構深く、底にはコールタールのようにどろりとした黒い水が波打っていた。

微生物の死骸や菌などが長い年月で溜まった結果なのだろうか。

気がつくと北畑さんが井戸の淵に立って、底を見下ろしていた。

「気も水もひどく淀んでいる。これじゃあ、悪いものが集まって来てもおかしくないよ……」

彼が言うには、このような役目を終えた水場は供養が終わった後にきちんと埋める必要があるという事だった。


北畑さんはおもむろに合掌し、祝詞をあげ始めた。

独特の、厳かな音律が辺りを包み込んだ。

皆無言で成り行きを見守っている。

私も目を閉じて黙祷の格好を取る。


数分過ぎた頃だったと思う。

蝉の鳴き声に混じって、女性の声が聞こえた。


なおまさ。


そう言ったと思う。

はっきりとは聞き取れなかった。

女の声は遠くから響いてきたのか、耳のすぐそばで聞こえたのか距離感の掴めない妙な音だった。


閉じていた目を開いて周りの人々を見回した。

皆、私と同じように目を瞑って黙祷したり顔を俯けたりしている。

声に気が付いた人はいないようだ。

井戸の方を見ると清音と視線がぶつかった。

鋭い目で私を見ている。

私も清音の方を見返したが、彼女は黙ったままだった。


思い返してみれば、『なおまさ』というのは先日霊視をした際に、北畑さん達が聞いたという女の声が呼んでいた名前だったはずだ。

だとしたら、さっきの声は何だったのか。

私はもともと、そう言った霊的な存在の音や姿は見えない方なのに。


そんな事を考えているうちに、北畑さんの祝詞が止んだ。

「今、井戸から出てきて貰ったよ」

北畑さんは額の汗をシャツの袖で拭いながら言った。

どうやら瞽女の霊を呼び出す事に成功したらしい。

彼の指示通り、今度は屋敷の中に戻る事になった。

祭壇を設えた仏間で供養の祈祷を行う。

井戸を囲んでいた人々は無言のまま屋敷の方へと移動を始めたので、私も一緒に歩き出した。

「種島さん」

背後から清音が呼んだので私は立ち止まって振り向いた。

「さっきの声、聞こえたんですか？」

「さっきの声と言うと？」

私は薄々気づいていたが聞き返した。

「『なおまさ』と呼んでる声です。多分、聞こえたんじゃないかと思いまして」

「……聞こえました。最初は気のせいかと思ったのですが」

清音は私をじっと見つめたまま言った。

「……もしかすると、種島さんも取り込まれたかもしれないです。これから祈祷を行いますが、あなたも前に座って下さい」

それだけ告げて清音は私の横を通り過ぎて行った。

清音が言った事の意味は分からなかったが、祈祷はこの後すぐに行われるはずなので言う通りにするしかないようだった。

皆に続いて私は屋敷の中へと入った。

祭祀　二

屋敷内の仏間へと戻って来ると、祭壇の前に北畑さんが静かに端座した。
その後ろに長男の栄一を真ん中にして静恵さんと兼二さんが座る。
清音の指示で私もその横におずおずと腰を下ろした。
最前列はその四人だ。
他の丑蔓家の親戚達は、少し離れて後ろに座った。

祭祀は電灯を消して行われるので、明かりは祭壇の横にある蝋燭の火だけだった。
清音が襖を閉めるとほとんど真っ暗闇に近い状態になる。
こうする事で死者の霊を呼び出すのだという。

蝋燭に照らされて壁に映った影が、火の揺らめきに合わせて不気味に動いている。
長押の上にずらりと並んだ丑蔓家の先祖の遺影は、物言わず我々を見下ろしていた。
私は先程、清音に言われた〃取り込まれた〃という言葉がずっと引っかかっていた。
それは何を意味するのだろう。
彼女が近づいてきたので、それを聞こうとしたが真剣な表情で首を横に振った。

「時間がないので、それは後で説明します……。それよりも今から祭祀を始めますので、最前列の四人は私がいいと言うまで決して目を開けないで下さい」

私の質問には答えずに、清音は最前列に座る四人に新たに指示を与えた。

しかし、目を開けてはいけないとはどういう事か。

「多分、見ない方がいいものが現れますので……」

目で問うた私に彼女はそれだけ言うと、北畑さんのすぐ後ろに正座した。

暗闇の中だったが、静恵さん達も戸惑っているのが分かった。

「彼女の言う通りにしましょう」

私は小声でとなりの静恵さんにそう言った。

とにかく今は二人を信じて指示に従うしかない。

静恵さん達も無言で頷いた。

やがて闇と静けさに支配された仏間に、北畑さんの唱える祝詞が厳かに響き始める。

四人の背後に控える親戚達も押し黙っているので、それ以外の音は何も聞こえない。

祝詞が始まってすぐ、部屋の温度が下がり始めた。

私がそう感じただけかもしれない。

たが目を閉じている分、ひんやりとした空気の冷たさがより強く感じられる。

この仏間にエアコンの類は設置されていない。

独特の調子で、北畑さんの声は高まったり低くなったりしている。
私は次第に時間の感覚が掴めなくなってきた。
祭祀が始まって十分ほど過ぎた頃だった。
私の耳朶が微かに人の声らしき音を捉えた。
女性の声だろうか。
横に注意を向けると、静恵さんが身を硬ばらせるのが衣擦れの音で分かった。
おそらく彼女にも聞こえているのだろう。
女の声はだんだんと鮮明になってくる。
どうも背後から聞こえてくるようだ。
どこか苦しげな、呻くような声だ。
私達の背後に座っている親戚達の誰かが発している声なのだろうか。
私は目を開けて確かめたい衝動に駆られた。
「大丈夫ですから、そのまま目を閉じていて下さい」
私の心中を察したのか、清音が前から声をかけた。
仕方なく、より固く目をつむる。
もう聞き間違いではない。
確かに呻き声がする。
しかも声は背後からこちらに、ゆっくりと近づいて来るように感じられる。

もし丑蔓家の親戚の誰かが移動しているのだとすれば、周囲の人間が反応するはずだ。

しかし、そんな気配は読み取れない。


北畑さんの祝詞が一層強まり、部屋の中に響き渡る。

再び清音が告げた。

「彼女が来ました」


〝彼女が来た〟というのは、井戸で亡くなった瞽女の霊魂の事なのだろうか。

やがて、床を何かが這うような音が聞こえ出した。

ずるり、ずるりと畳の上をゆっくりと移動しているようだ。

脳内に否応なしに不気味な光景が浮かぶ。

苦悶の表情を浮かべた女が、濡れた着物を畳に擦りながら、じわりじわりとこちらに這い寄ってくるという厭な妄想。

頭の中からその光景を打ち消そうとしても、どんどん鮮明になってくる呻き声と畳の上を這う音が、私の脳内ではっきりと像を結び、迫ってくる。

私は今すぐ目を開けて、その場から逃げ去りたい気持ちに駆られた。

となりに座っている静恵さんも小さく震えている。

歯がカチカチとぶつかり合っている音でわかる。

多分、同じ気配を感じているはずだ。

「大丈夫、そのままで。死者の冥福を強く念じて下さい」

清音が振り返って囁く。

私は怖いという気持ちの方が強かったが、言われた通りに必死で井戸で亡くなった瞽女の冥福を祈った。

「……どうか、成仏して下さい」

私の横で静恵さんが切々とした口調で呟いた。

夫妻で一心に祈っているようだ。


北畑さんの祝詞が佳境に入った時、苦しそうな女の泣き声とともに気配が私のすぐ横に接近した。

私の耳に〝それ〟の吐息が微かにかかって、思わず跳びのきそうになった。


「動かないで」

取り乱しそうになる私の腕を清音が掴んだ。

「大丈夫、もう子供の方も来ているから」

清音が言うには、瞽女の連れ子の魂もこの場に呼び寄せられたという。

彼女に言われて私は必死で目を閉じ、二人の霊の冥福を祈った。

その時、私のすぐ横いる何者かが祭壇の方に向かって言葉を発した。

なおまさ。


私にもはっきり分かった。

それは子供を呼ぶ母親の声だった。

我々と何ら変わりのない人間の声。


「さあ、一緒に行きなさい……」

いつの間にか祝詞は止み、北畑さんの力強い声が響いた。

ふっ、と周囲の空気が軽くなり完全なる静寂が訪れた。

先程まで感じていた気配も消えている。

「終わりました。もう目を開けても大丈夫ですよ」

清音の声が聞こえたので、私はゆっくりと瞼を開いた。

彼女と北畑さんが、最前列の我々四人の前に佇んでいた。

「あがったよ。親子一緒に……」

部屋はまだ暗かったので北畑さんの表情は見えなかったが、きっといつもの柔和な笑みが浮かんでいたはずだ。

彼の声は、自然と人を安心させる何かがある。

清音が襖に近づいて開け放つと、オレンジ色の西日が部屋の中に一気に差し込んできた。暗闇に慣れた目が痛む。

屋敷の何処かから三味線の音が微かに聞こえてきて、私は顔を上げた。優しげな音律だった。

「誰か三味線を弾いているのですか？」

となりの静恵さんに尋ねると怪訝な顔で首を振った。

「いいえ、うちには三味線なんか……」

後から確認したのだが、親戚の中にも何人かこの音を聞いたという証言があった。ただその三味線の音色の出どころは結局分からなかった。後ろに座っていた親戚達も放心したように黙っている。

清音は襖の側から外を眺めていたが、ふいに振り返って微笑みを浮かべたので、私は立ち上がって彼女の横に立った。

「どうしたんですか？」

「あれ、見てください」

私が尋ねると清音は門の方を指差した。

沈みかけた西日に目が眩みそうになったが、彼女が指し示したそれに気が付いて、私は小さく声をあげてしまった。

オレンジ色の光の中、着物を着た女性と小さな子供の後ろ姿が遠ざかっていくのが目に映った。

二人はやがて身を寄せ合うようにして、光の中に溶け込んでいった。

言いようのない神々しい光景に私はしばし言葉を失った。

「……ありがとう、って。そう言ってます」

清音は門の方を見つめたまま言った。

「やっと親子が一緒になれたんだよ……。百年も経つと霊は自我も言葉も忘れちまうもんだけど、母と子はずうっと覚えてるんだね」

北畑さんがいつの間にか私の横に立っていた。

「なぜ……、なぜ私にも見えたんですか？」

一番疑問に思っていた事が口を突いて出た。

もともと私は霊魂などの類が見える方ではなかった。

だから、たった今この祭祀の間に起こった事すべてが信じられないでいた。

「〝取り込まれて〟いたんですよ」

先程と同じ事を清音は言った。

「それはどういう……？」

「種島さんは、この家で起こっている不可思議な事に興味を惹かれていましたよね。そういう感情を強く持っていると自分もそれに巻き込まれちゃう事があるんです」

確かに清音の言う通り、私は丑蔓家の怪異に強く惹かれていた。

「こうして現地に何度も足を運んで……。だから知らず知らずのうちに自分が当事者になっちゃったんです。それから、見えないものが見えたり聞こえたりしたのは私や北畑さんとずっと一緒にいたからですね」

「お二人と一緒にいたから、ですか？」

「そう。見える力のある人間と一緒にいると感覚が鋭くなる事があるんです」

私が戸惑っていると北畑さんが肩をぽん、と叩いた。

「あんた、これからはあんまりあっちこっちに首を突っ込み過ぎない方がいいな」

そう言うと彼は呵々大笑した。

清音も口を押さえてクスクスと笑っている。

二人のこんな無防備な表情は初めて見たかもしれない。

張り詰めていた緊張が急に解けたためか、気がついたら私も思わず小さく笑ってしまった。

黒い雨

供養のための祭祀は無事に終わりを告げた。

来週には再び業者が来て、井戸を砂で埋め立てる予定になっている。

清音によると、水場をきちんとする事で気の淀みが解消されるという話だった。

北畑さんは挨拶を済ますと早々に退散しようとしたが、親族達の熱心な引き留めにあった。

この後、丑蔓家の親戚一同で夕食会という名目で宴会をするという話で、成り行きで参加する事になったのだ。

「種島さんも、ぜひゆっくりしていって下さい。明日はお休みでしょう？」

ついでに私も兼二さん夫婦の申し出に甘える事にした。


外はすっかり陽が落ちている。

屋敷は山中にあるので、空には星が大きく瞬いているのが見えた。


屋敷の庭園が見渡せる大広間に、親戚達とともに集まった。

卓の上に料理や酒が運ばれてくる。

祭祀の前に私に忠告めいた事を言ってきた、お手伝いの古谷さんも何食わぬ顔で配膳をしている。

予想に反して供養が何事もなく無事に終わったので、きまりが悪いだろう。私達の方を見ようともしなかった。

長男の栄一は両親の横で遠慮がちに俯いて座っている。

なんとなく浮かない表情だった。


「今回の祭祀で、全て解決したのでしょうか？」

私は隣に座っていた北畑さんに聞いた。

「うん、原因になってるはずの井戸を清めたからね。ただ、長く続いてきた事はすぐに変わらない場合もある。あとはこの家の人達の心がけ次第だよ……」

北畑さんの話だと霊能者に出来るのは半分までで、あとは当事者達の前向きな心が大事なのだという。


夕食の準備が整い、一同が席につくと兼二さんが挨拶に立った。

「この度は北畑先生にお越しいただき、無事に供養を終えることが出来ました。今後ますますの当家の繁栄を期して……」

兼二さんのスピーチの途中に、雷鳴が遠くから聞こえた。

私は気になって、ふと庭のほうに目をやる。

先程までの綺麗な夜空は、いつのまにか雲で覆われていた。

変だな、と思った。

天気予報によれば今夜も明日も快晴だったはずだ。

そう思っていると再び雷の音が鳴った。

だんだんと接近しているらしく、この分だと一雨来そうだ。

そんな事を考えていると、となりに座っていた人が私の肩を叩いた。

「……種島さん、乾杯しますよ？」

西脇さんだった。

彼は瓶ビールを傾けて勧めてくれたが、私は車の運転があったので遠慮した。


「乾杯!!」

兼二さんが音頭をとると、丑蔓家の人々は楽しげにビールグラスを掲げて宴会を始めた。

親戚の者達がこぞって北畑さんのグラスにビールを注ごうとしたので彼は照れたように笑っていた。

清音も心なしか楽しげにしている。

「種島さん、よかったら今夜は屋敷に泊まっていけば？　兼二には私から言っておきますから……」

西脇さんが料理に手を伸ばしながらそう言った時、ざあっと雨粒が屋根を叩く音が聞こえた。

「降ってきたな……」

一瞬、皆が窓の外を見たが頓着せず食事を続けている。

庭の方を見ると、バケツをひっくり返したような勢いで雨が降っていた。

「予報だと雨なんか降らない筈なんだけど……」

「まあ、ゲリラ豪雨とか多いですからね最近。この辺の地域でも……」

西脇さんが言いかけた時、真っ白いせん光と同時に切り裂くような凄まじい轟音が鳴り響いた。

宴席から女性達の悲鳴が上がる。

間違いなく近くに雷が落ちた筈だ。

ばちん、と音がして突然広間の照明が全て消えた。

停電だった。

先程の落雷によるものかは分からないが、完全に屋敷内の電気は消失してしまったようだった。

「なんだよ……」

誰かが溜め息をついた。

宴席はすっかり白けてしまった。

窓の外はさらに雨の勢いが強くなっていて、窓を滝のように雨水が流れ落ちていく。

再び雷の轟音が響き渡り、稲光が一瞬だけ庭園を照らし出したが雨にけぶって何も見えない。

少々身の危険を感じるほどの大雨だ。

親戚達も廊下に出て、窓から外の様子を見守っている。

古谷さんが慌てたように懐中電灯を持って広間に入ってきた。

「あの、旦那様が呼んでらっしゃいます……」

兼二さんに近づいて小声で告げるのが私にも聞こえてしまった。

古谷さんが言う旦那様とは祖父の十蔵氏の事だ。

奥の間に寝たきりで、ほとんど意識はないと聞いていた。

「親父が……!?」

「はい。停電したので私が様子を見にいくと、目を覚ましておいででした」

「そんなはずは……」

「すぐに来るようにと仰っておりますが」

兼二さんは戸惑いながらも奥の間に向かう。

「静恵、塔子の様子を見て来てくれ」

去り際にそう言った。

栄一の姉の塔子は自室にいる筈だった。

静恵さんは彼女の安否を確認するため、慌てて二階へ上がっていった。

一部始終を見ていた私の中に不謹慎な衝動が湧き上がってきた。

祖父の十蔵氏がどんな人物か知りたくなったのだ。

普段ならそんな事はしなかっただろうが、その時は何かに突き動かされるように体が反応した。

宴席にいた人々は皆外に注意を惹かれていたので、私はこっそりと広間を抜け出して兼二さんが行った奥の間へと足を向けた。

明かりの消えた真っ暗な廊下を手探りで進んでいく。

幸い十蔵氏のいる部屋は概ね分かっていた。

中央の廊下を真っすぐ行けばよい。

時折、稲光が射し込んできたので何とか歩ける。

やがて廊下の突き当たりまで来ると、人の話し声がぼそぼそと聞こえてきた。

奥の間の襖がわずかに開き、懐中電灯の光が漏れている。

私は物陰に身を潜めて聞き耳を立てた。

みろくさん

十蔵氏の部屋から話し声が漏れてくるが、雨と落雷の音でかき消えて途切れ途切れにしか聞こえない。

何となく言い争っているような印象を受ける。

十蔵氏と思しき苦しげな声が聞こえた。

「……なんで……よけいなこと……みろくさんが怒って……じゅにく……するぞ……」

時々苦しそうに咳き込みながら喋っているようだ。

「……もううんざりだ！　晃一郎兄さんが死んだ時もそうだろ。これからの事は自分達で決める。……迷信なんか関係ない」

怒気を含んだ声で兼二さんが答えた。

二人のやり取りに集中していた時、別の音が私の耳に入ってきた。

おおおおおおおおぉぉぉぉぉぉぉぉん
屋敷の外からだ。

雨音でほとんどの音は消えてしまう筈だ。

一体何の音だろうか。

おおおおおおおぉぉぉぉぉぉぉぉん

再び、地の底から湧き出してくるような低くて長い音声が私の耳朶に響く。

獣の啼き声。

私は直感的にそう思った。

だがこんな声を出す生き物を私は知らない。

私の脳裏に、先日取材した大橋トキさんの顔が思い浮かんだ。

彼女は確かに言っていた。

昔、丑蔓家の養蚕小屋で働いていた時に不気味な獣の咆哮を聞いたと……。


一際大きな雷鳴が鳴り響いた時、目の前に兼二さんが立っているのに気が付いた。

私は吃驚して立ち竦んだ。

獣の咆哮に気を取られていたので、彼が部屋から出て来たのが分からなかった。

生気のない兼二さんの顔が、稲光に白く浮かび上がっている。

「今、親父が亡くなりました」

ほとんど感情のこもらない声でそう言った。
「……え⁉」
たった今、丑蔓家の家長の十蔵氏が逝去したという。
いつそうなってもおかしくない状態だと聞いていたが、突然の事に私は言葉を失った。
しかしそれに構わず兼二さんが言った。
「この家の事で、まだ話していない事があります……」
それよりも十蔵氏が亡くなったのなら、とにかく人を呼ばなければ。
そう思った時、突然悲鳴が屋敷中にこだました。
二階から断続的に女性の絶叫が聞こえて来た。
私と兼二さんは顔を見合わせた。
二階には長女の塔子と、様子を見に行った静恵さんがいるはずだ。
慌てて階段の方へと駆け寄る。
騒ぎを聞きつけて、親戚達も広間の方からぞろぞろと出てきた。
兼二さんを先頭に皆で二階へと駆け上がった。

廊下に出ると、塔子の部屋のドアが開いていて風が屋内に吹き込んできている。
部屋になだれ込むと、開け放たれた窓の近くに静恵さんがへたり込んでいた。
窓からは雨風が激しく吹き込み、床が水浸しだ。

「おい、どうした⁉」

放心したようになって窓の外を見ている静恵さんの肩を揺さぶると、驚いたように悲鳴をあげた。

我に返った静恵さんは窓の外を指差して叫ぶ。

「塔子が、塔子が窓から飛び出していった‼」

そう言われれば塔子の姿はどこにも見当たらない。

兼二さんが急いで窓際に駆け寄って外を見た。

私もその後に続く。

外は大雨で視界が悪い。

ちょうどその窓からは屋敷の裏に広がる森が見渡せる。

その手前には、昼間に供養を行った井戸がある。

ふとそちらを見ると、白いものが視界に入った。

井戸のすぐ側に、誰かが立っている。

程なくして、それが白いワンピースを着た塔子であることに気がついた。

多分、この窓を出て屋根を伝って屋敷の裏に飛び降りたのだろう。

一体、この雷雨の中で何をしているのか。

「塔子ー‼」

兼二さんが娘に向かって呼びかけたが、まるで聞こえていないようだ。

やがて、ふらふらと覚束ない足取りで井戸に近づいていく。

ひどく嫌な予感がする。

彼女は精神を病んでいたはずだ。

井戸の周囲には、北畑さんが張り巡らせた注連縄《しめなわ》がある。

塔子はふらつきながら、その結界を踏み破って井戸の淵に立った。

「塔子！　何やってるんだ！」

兼二さんが再び絶叫した。

一瞬、塔子がこちらに首を向けて嗤ったように見えた。

次の瞬間、彼女の身体はぐらりと傾いた。

そのまま吸い込まれるように頭から真っ黒な井戸の中に落ちていった。

突然の事に皆一瞬固まっていたが、兼二さんが跳ねるように駆け出した。

他の親族も傘もささずに次々と外へと飛び出していく。

私も一緒に屋敷の裏手へと向かった。

井戸の所まで来ると、兼二さんが懐中電灯を持って中を照らしながら娘の名を大声で呼んでいる。

私も恐る恐る井戸の底を覗き込んで息を飲んだ。

塔子の細くて白い両足が、膝下部分だけ水面から突き出していた。

真っ黒い水面には小さな気泡がぶつぶつと湧き上がっている。

頭から数メートル下へ落下した勢いで、井戸の底に堆積した泥に上半身が埋もれているのかもしれない。

裸足の両足は小さく痙攣を起こしていた。


親戚の男達は、身を乗り出す兼二さんが誤って井戸に落ちないように必死に押さえている。

この井戸の狭さでは誰かが降りていって助けるのは難しい。

雨の勢いは衰える様子もなく、井戸の中に容赦なく水が流れ込んでいる。

このままでは、やがて彼女は完全に水中に没してしまう。

事態は一刻を争う。

「消防を呼びましょう、すぐに」

私はそう言いながらスマホを取り出した。

消防に連絡すれば救助隊が来てくれるはずだ。

しかしスマホの画面を見て愕然とした。

圏外の表示が出ている。

先程までは確かに通信出来ていた。

この雷雨のせいかもしれない。

ほかの親戚達もスマホを取り出したが、皆等しく圏外表示になっているという。

「車で助けを呼びに行く」

兼二さんが立ち上がって走り出した。

私は兼二さんの後を追った。

息を切らせて駐車場まで来ると、彼はちょうど車に乗り込むところだった。


「兼二さん、少し待ってください！」

私は兼二さんを引き止めた。

時間の猶予はないが、どうしても聞いておきたい事があった。

「先程、まだ話していない事があると仰ってましたね……。それは何ですか？」

私が聞くと、兼二さんの顔が引きつった。

「……この家は以前から守り神を祀っているんです」

「守り神……？」

「そうです。その名を〝みろくさん〟と言います」

雷が辺りを青白く照らした。

「丑蔓家の代々の当主のみが、みろくさんをお祀りする役目があるんです」

「みろくさんとは何ですか!? もしかして丑蔓家で長男が亡くなる事と関係が……？」

「江戸時代くらいから祀るようになったのですが、どんな神なのかは正直よく分かっていません。ただ、この家を繁栄させてくれると……」

「どうして話してくれなかったのですか？」

「私は単なる迷信だと思っていました。だから種島さん達にも話しませんでした。でもさっき、親父が亡くなる直前に意識が戻って言ったんです。お前達が勝手に家の事に踏み込んだので、みろくさんが怒って受肉すると……」

「受肉、とは何の事ですか……？」

「それは……、戻ったらお話しします。とにかく今は助けを呼んでこないと……」

確かに兼二さんの言う通りだった。

今は守り神云々の話よりも救助隊を呼びに行くのが先だ。

彼は鬼気迫る表情でドアを閉めると、エンジンをかけた。

私は大雨の中に消えていく兼二さんの車を、茫然と見送る事しか出来なかった。

惨禍

雨は既に一時間近く降り続いている。

この分では周辺の河川が氾濫してもおかしくない程の勢いだ。

厄介な事にテレビもインターネットも繋がらないので、今自分達の置かれた状況についての情報が皆無だった。


屋敷の裏手に戻ると、井戸の周りには傘もささずに丑蔓家の人々が立ち尽くしていた。

その表情には焦燥と苛立ちが滲んでいる。

北畑さんも険しい顔で井戸を見下ろしていた。

私は彼の横に立つと、先程屋敷の中で奇妙な獣の咆哮を聞いた事を告げた。


「……私も聞いたよ。あんなのは初めてだ」

北畑さんも獣の声を聞いたという。

「あれは一体何なのですか？」

「分からない。ただ人霊や狐狸の類いではないよ……」

私は何とも形容しがたい恐怖を感じた。

兼二さんがここを出て行く前に言っていた丑蔓家に代々伝わるという神についても、北畑さんに伝えておこうと思った。

「丑蔓家には昔から祀ってきた神が……」


おおおおおおおおおおぉぉぉぉぉぉぉぉぉぉん

言いかけた時、再び大気を震わす凄まじい咆哮が、雨にけぶる闇の奥から響いてきた。

周りにいた親戚達にも聞こえたらしく、皆驚愕している。

「どうやら向こうから出向いて来たね……」

北畑さんは深呼吸するように、ゆっくりと息を吸い込んだかと思うと、一息にそれを吐き出した。

とても近寄れない空気が全身から発散される。

私は長い間、北畑さんとの付き合いがあるが彼がこれほどの緊張感を発したのを見た事がなかった。

「この家で起こる事の原因はあれだよ。ずっと姿を隠していたんだ……」

それだけ言うと北畑さんは屋敷正面の門へと傲然と歩き出した。

彼の顔にはなんとも言い難い、悲壮な決意のようなものが浮かんでいた。

「ちょっと待ってください！」

私は不安に駆られて北畑さんを必死で引き止めようとした。

だが彼は腕を振り払った。


獣の啼き声が塀のすぐ向こうから聞こえる。

〝それ〟はもうすぐそこまで来ているようだった。


「北畑さん！」

清音も屋敷の中から出て来た。

我々の呼ぶ声が聞こえていないかのように北畑さんは潜戸を開いて外へ出て行った。

おおおおおおおぉぉぉぉぉぉぉぉぉん

目の前で咆哮が聞こえると同時に、耳をつんざくような雷鳴と光が空気を切り裂いた。

私は驚いて咄嗟に地面に伏せた。

すぐ近くに雷が落ちた。

恐る恐る顔を上げてみると、屋敷にほど近い斜面にある大きな杉が縦に避けていた。

先程の落雷が直撃したのだろう。

「北畑さん!!」

私の後ろにいた清音が門の方に駆け出した。

気がつくと獣の啼き声は聞こえなくなっていた。

私も彼女に続いて、身をかがめて潜戸を通って外に出た。

清音が悲鳴を上げた。

北畑さんが門扉に寄りかかるようにして倒れていたのだ。

慌てて駆け寄って、二人で抱え起こす。

閉じられた彼の瞼からは血が流れ落ちていた。


「何があったんですか!?」

私が聞くと北畑さんは苦しそうに呻いた。

「今、追っ払った……。でも、またすぐ戻って来る。あれはだめだ」

「〝あれ〟とは?」

「この家に取り憑いてるやつだ……。今まで身を隠してたんだ。清音、あれは怖いからもう関わるな」

北畑さんの両眼からの出血が止まらない。

だんだんと呼吸が浅くなっていく。

「北畑さん、しっかりして下さい!!」

必死に呼びかけたが、だんだんと意識が遠のいていくようだった。

「この家から、離れろ……。関わるな……」

最後の言葉を言い終えないうちに、呼吸が止まった。

清音が北畑さんにすがりつきながら絶叫した。


「病院だ、病院にすぐ連れていくぞ!」

私は泣き崩れる清音を起こした。

兼二さんは街に助けを呼びに行ったきり戻ってこない。

なら私の車で病院まで運ぶしかない。


「大丈夫ですか!?」

騒ぎを聞きつけて、西脇さん達も外に出て来た。

私は今起こった事を手短に伝えた。

「終わったんじゃなかったのか……。きょうの祈祷で」

丑蔓家の親戚達の顔に不安と恐怖の色が広がっていく。

「とにかく彼を病院に運びます。手伝って下さい」

西脇さん達の手を借りて、ぐったりとしている北畑さんの体を抱えて車まで運んだ。後部座席に乗せて、清音がその横に座った。

「ベルト締めて下さい」

私が言うと清音はしゃくりあげながらも、自分と北畑さんのシートベルトを締めた。

雨は一向に止まないので、相変わらず視界は悪い。

私はエンジンをかけると車を出した。

駐車場を出るときサイドミラーを覗くと、丑蔓家の人達がぼうっと立ち尽くしているのが見えた。

スピードを出したいところだが山を下る道はカーブが多いので慎重に走らないといけない。ここで事故を起こして二次被害を出したら目も当てられないからだ。

雨粒が叩きつけるアスファルトとガードレールの両脇に広がる真っ暗な木立だけがヘッドライトに浮かび上がる。

対向車線から消防のレスキュー隊や兼二さんが現れないかと期待したが、なんの気配もなかった。

「私も感じたんです……」

後部座席の清音がぽつりと言った。

ルームミラー越しに彼女を見ると小刻みに震えている。雨に濡れて身体が冷えたのだろう。私は暖房をつけた。

「何を感じたんですか？」

私は彼女が呟いた事を尋ねた。

「あの啼き声が聞こえた時、あいつは門の前まで来ていました……」

「……あれは何ですか？　この世のものじゃないですよね」

「正体は分かりません。あんなの見た事ない……」

「北畑さんが倒れる直前に言ってました。あいつが全ての原因で、ずっと隠れてたと……」

「私達がいくら霊視しても気が付きませんでした。多分、結界みたいなもので姿をくらませていたと思います」

「それでは昼間に供養した簪女とその連れ子は、あの家で長男が死ぬ事とは関係なかったという事ですか？」

私の問いに清音は悔しそうに顔をしかめた。

「残念ですが、その通りです……」

「そんな……」

「あいつの正体は分かりません……。どんな悪い霊でも怨みとか苦しみとか、執着心みたいなものがあります。でもあいつには無い。ただ虚無がどこまでも広がっているだけで……」

清音は自分の身体を抱くようにして震えている。

北畑さんが、霊的な能力が高いと請け合った彼女が怯えている。

これからどうすれば良いか見当もつかないが、私は彼女に兼二さんから聞いた話を伝える事にした。

「丑蔓家では、みろくさんという神様をずっと祀ってきたと兼二さんが教えてくれました。聞いた事はありますか？」

清音は小さく首を振った。

今のところ手掛かりになりそうな情報はそれくらいしか無い。

みろくさんという呼び名について私は考えてみた。

みろく、という響きから頭に浮かんだのは弥勒菩薩だった。

かつて読んだ文献によると、仏教における信仰対象の一つで、釈迦の次に仏になる事が約束された菩薩だったと記憶している。

日本でも、弥勒菩薩が降臨して豊穣な世界が出現するという独自の信仰が室町時代の頃にあったはずだ。

だが、そんなありがたい存在が人の家を祟ったりするだろうか――。

取り留めもなくそんな空想を浮かべていた時。

「種島さん、前!!」

清音が前方を指差して叫んだ。
私は慌てて急ブレーキをかけた。
ヘッドライトに照らされた光景に目を疑った。
道路が土砂で完全に塞がれていたのだ。
清音が注意してくれなかったら、まともに突っ込んでいたかもしれない。

私はハンドルを拳で叩いた。
この短時間に見た事もないような大雨が降った。
だから地盤が緩んで崩れたのかもしれない。

さらに私はある事に気が付いて慄然とした。
土中から僅かに赤い光が漏れ出ていた。
自動車のテールランプだ。

私は急いで車を降りた。
腐敗したような異様な匂いが辺りに立ち込めている。
私は光に近づいて、周りの泥を必死でかき分けた。
間違いなかった。

形状や塗装から、助けを呼びに出た兼二さんが乗っていた車であると分かった。

辛うじてリアバンパーが露出しているが、車体の大部分が大量の泥や岩石の下敷きになっている。

想像したくはなかったが、座席部分は原型を留めていないだろう。

兼二さんが運転中に土砂崩れに巻き込まれたとしたら、生存は絶望的だった。


「くそ‼」

力一杯、泥を殴りつけた。

跳ね返った小石や雨粒が顔を打つ。

街へと降りるにはこの道路しかない。

八方塞がりだった。


激しい雨の中立ち尽くしていると、清音も車から降りて来た。

「種島さん、お屋敷に戻りましょう。北畑さんはもう……」

沈痛な声で言った。


十蔵氏と兼二さんが話していた事が頭によぎった。

『お前たちが丑蔓家の事に勝手に踏み込んだから、みろくさんの怒りを買った』

もし、そうだとしたら私がやった事は何だったのか――。

一瞬のうちに十蔵氏、兼二さん、北畑さんが命を落とした。

井戸に落ちた塔子も助からないだろう。

自責と後悔の念が、今更になって胸を覆った。


「種島さん、ここも危ないです。早く車に戻りましょう……」

再び清音が言った時、木々がひしゃげる音が斜面の上から突然聞こえてきた。

どどっ、と地鳴りがしたと思うと一気に目の前の斜面が歪んで道路側に押し寄せて来た。

清音が悲鳴をあげた。

また地滑りが起きたのだ。


「走れ!!」

私の声は土砂が押し流される轟音に半ばかき消されだが、二人で死にものぐるいで逃げた。

もう少しで前を走る清音に追い付きそうになった時、私の身体は流れてきた泥に飲み込まれ、視界は完全な闇に覆われた。

四年前：追想

僕は小さい頃から特別扱いだった。

欲しいゲーム機は全部買ってもらえたし、テーマパークや海外への旅行もよく連れて行ってもらえる。

学校へ行く時なんか、お母さんや家政婦の古谷さんが車で送ってくれる。

これは全部おじいちゃんの方針だった。

単に僕の家が金持ちだったからじゃない。

現にお姉ちゃんは普通に自転車で学校に通っていたし。

何でこうなっているのかというと、うちでは長男を特に大事にする慣わしがあるからだ。

詳しい理由は分からない。

うちでは、おじいちゃんとお父さんの代に兄弟の中で長男が早くに亡くなってしまったから大事にしようというのかもしれない。

僕にしたら縁起でもない話だ。

さらに地元の小学校に入ってから分かった事なんだけど、先生も他の生徒達も僕に対して見えない線を引いている。

あからさまではないけど、僕が近づいていくと皆一歩引くのが分かる。

最初は、やっぱり僕の家が金持ちだから敬遠してるのだと思っていた。

山の中にすごく大きな家が建ってるし、高級な車が何台もある。

でもそれが決定的になったのは、ある言葉を聞いてからだ。


〝祟られ筋〟


僕の家は陰でそう呼ばれていた。

クラスメイトが話しているのを偶然聞いてしまったのだ。

良くない言葉であるのはすぐに分かった。

〝祟り〟という言葉をネットで調べると、神や霊魂が災いをもたらす、みたいな事が書いてあった。

でも、何で僕の家が祟られ筋なのか。

この疑問をお姉ちゃんに聞いてみた事がある。

僕の家は昔悪い事をしてお金儲けをしたので、誰かの恨みを買って人が早くに亡くなったりするのだと村の人達は噂しているのだという。

ただ、本当にそういう歴史があるのかはお姉ちゃんも知らないと言っていた。

実際、僕の家の周りで幽霊とか怪しいものを見たという人もいるらしい。

でも、それは違う。

僕は後々知ってしまった。

この家には幽霊なんかよりも怖いものがいる。

確かに、いる。

何年か前から気が付いたんだ。

〝それ〟は僕の誕生日になると姿を現わす。

最初にあいつを見たのは、僕の八歳の誕生日だった。

大広間に家族や従兄弟が集まってバースデーパーティーを開いてくれた。

大きなケーキや、うずたかく積まれたプレゼントの山もおじいちゃんが用意してくれたものだ。

お腹いっぱい食べた後は、広間の大型テレビで従兄弟達とゲームを心ゆくまで楽しんだ。

僕はふとトイレに行きたくなって席を立った。

その夜は霧が出ていて、外を見ると何もかもが白くぼやけていた。

トイレに続く長い廊下を歩いていると、急に冷たい空気が流れてきて僕は身震いした。

ふと違和感を感じたので、僕は窓から外を見た。
霧の中に外灯の光でぼんやりと照らされた家の門が見える。
今日は僕の誕生日で来客が多いので門扉は開け放たれたままだった。

そこにあいつはいた。
門の外から半分身を隠しながらこちらを見ていた。

異様に背の高い男。
多分、老人だ。
ロングコートみたいな真っ黒い服を着て、頭にも黒い帽子を被っている。
顔が異常に白くて、顎には長い髭が生えていた。
すごく痩せているのか頬骨が岩のように浮き出ていた。
全然知らない人だ。
その男が僕の方を、じいっと見ている。
僕はなぜか分からないけど、そこから動けず男の方に視線が釘付けになってしまった。
やがて黒い男が、ちょっと笑ったような気がした。
すごく怖い顔だった。

「栄一、何してるの？」

従兄弟の女の子が急に僕の肩を叩いたので、びっくりして振り返った。

「みんな待ってるよ？」

僕の帰りが遅かったので、彼女は心配で見に来たようだった。

「あれ……誰？」

僕は門の方を指差した。

「……誰もいないよ？」

彼女は目をしばたきながらそう言った。


いなくなっている。

さっきまで確かに男がこっちを見てたはずだけど、誰もいなくなっていた。

あいつが立っていた辺りにはただ濃い霧が立ち込めているだけだった。

なんだか訳が分からなかったけれど、僕は気にしない事にした。


ただ、そいつは次の年も現れた。


その夜も僕の誕生日で、同じようにみんなで集まってパーティーが開かれた。

屋敷の中を従兄弟達と一緒にはしゃぎ回って過ごした。

遊び疲れて二階の自分の部屋で休んでいた時だ。

外を見ると去年と同じく、今夜も霧が出ていた。

いつもなら夜景を見下ろす事が出来たけど、全てが靄の中に沈んでいた。

お屋敷は山の中にあるから、濃い霧が出る事はよくあるとお父さんが言っていた。

それでなんとなく外を眺めていると、屋敷の外の駐車場に誰かが立っているのに気が付いた。

外灯の淡い光の中に、すごく背の高い影がぽつんと一人で突っ立っている。

全く身動きしないので、最初は見間違いかと思ったくらいだ。

目を凝らすと、だんだんとそいつの姿が見えてきた。

全身黒い服を着ている。頭にも黒い帽子。

それから長い顎髭。

全身の皮膚が粟立つのを感じた。

忘れていた記憶が呼び起こされる。

あいつだ。

去年、門の外から僕を見ていた老人。

なんでまたいるのか。

すごく怖かったけど、もう目を離せなくなっていた。

男はゆっくりと顔を上げた。

僕と目が合うと、髭の間からわずかに黄色い歯がのぞいた。

笑っているのだ。僕に向けて。

ものすごく厭な感じがして、すぐに部屋を出てみんなのところに戻った。

相変わらず従兄弟達はゲームに興じている。

ちょうどおじいちゃんが、座ってお酒を飲んでいたので駆け寄った。


「おじいちゃん、外に変な人がいる」

僕はおじいちゃんにさっき見た事を告げた。

黒い男の特徴を伝えると、なぜかおじいちゃんは嬉しそうな顔をした。

「栄一、それはな守り神様だ。お前にも見えるようになったか」

「すごく怖い感じのおじさんだよ？」

「心配する事はない。あの方がうちの家を導いてくれるんだから……。でもこの事はおじいちゃん以外には絶対に言っちゃ駄目だぞ？　約束な」

じいちゃんはそう言うと、僕の頭を撫でた。

ますます怖くなったので僕はもうその事は口に出さない事にした。

誕生日さえ我慢すればいいから。

ただ、あいつはやがて日常の中にも姿を見せるようになった。

これから話すのはとても怖い事だ。

福音

僕が小学校四年生になった時だった。

同じクラスにタケオという男子がいて、彼とよく遊ぶようになった。

ほかの生徒は相変わらず、あまり僕と話してくれなかったけれどタケオは違った。

何というか、気さくに話しかけてくれたし色々な事を教えてくれる。

もともとタケオは他県から転校して来たので、僕の家を色眼鏡で見なかったのかもしれない。


学校が終わると、よく彼と遊びに行った。

お母さんや家政婦の古谷さんは、いつも放課後に車で僕を迎えに来るのだけれど、タケオと遊ぶ日は先に帰ってもらうか迎えに来ないようケータイで伝える。

おじいちゃんは渋い顔をしていたけど、お母さんは僕に友達が出来たことを密かに喜んでいたみたいだった。

タケオとはよく用水路にザリガニ釣りに行ったり、駅前にある小さなゲームセンターで遊んだりした。

ゲームなら家にいくらでもあったけど、二人で外に遊びに行くのは楽しかった。

また、お互いの家に遊びに行く事もあった。

タケオは平屋の古い集合住宅に住んでいて、両親とも仕事に行っているのか大抵は誰も家にはいなかった。

タケオの家族は両親の他に中学生の兄が一人いるらしい。

初めてタケオが僕の家に遊びに来た時には、まず屋敷の大きさに驚いていた。

「ゲーム機、何でもあるじゃん」

タケオは大型モニターの前に揃った最新のゲーム機を見て声をあげた。

僕はいつも遊んでいるから、一つ貸してあげようかと提案したら慌てて首を振った。

「こんなの持って帰ったら、親に怒られるよ」

本当は借りたかったのかもしれないけど、親が怖いらしかった。

特に父親は本当のお父さんじゃなくて、お母さんと再婚した人という話でタケオの事を時々殴るらしい。


ある日の放課後、急にタケオに呼び出された。

これから一緒に駅前のゲームセンターに行って欲しいということだった。

でも、なんだかいつもと様子が違って見えた。

不審に思った僕はタケオに聞いてみた。

「急にどうしたの？」

タケオは浮かない顔で答えた。

「兄ちゃんがお前に会いたいって……」


タケオの兄ちゃんはユウヤと言った。

ユウヤは再婚したお父さんの実の子供だという。

確か中学三年生だったと思うけど、学校にはほとんど行っていないと聞いている。

タケオは普段、家族の事はあまり話したがらなかった。

特にユウヤについては、かなり怖がっていた。

一度だけ教えてくれたところによるとバットで人を殴って怪我させたり、万引きを繰り返しやったとかで鑑別所という所に入った事があるらしい。

そんな人が一体僕に何の用があるのか。


ゲームセンターに着くと、タケオの後について奥の方へと行った。

タバコの煙が立ち込めている。

僕の家には吸う人がいないので、タバコの匂いは苦手だった。

ゲーム機が並んでいる一番奥の壁際にユウヤはいた。

髪が金色に染めてあって、派手なジャージを着ている。

中学生のはずなのにタバコを吸っていた。

すごく嫌な感じがする。

周りにも三人くらい座っていて、中には学ランを着ている人もいた。

ユウヤは僕の方を見ると小さく手を振って、タバコを灰皿に押し付けた。

「ねえ、お前って丑蔓家の子供？」

ユウヤは僕の事を観察するように、じろじろと見ている。

「うん」

「お前の家、祟られてるって本当？」

ユウヤがそう言うと、周りにいた人たちもヘラヘラと笑った。

「知らない」

僕は本当の事を知っているけど、喋りたくなかった。

タケオは俯いたまま黙っていた。

ユウヤ達は立ち上がると、僕の周りをぐるりと囲んだ。

僕より年上で、ずっと体の大きな人達に寄られるとすごい威圧感だった。

「お前、名前なんて言うの？」

僕は怖くて声が出なかった。

「そいつ栄一って言うんだ」

タケオが僕に代わって答えた。

「栄一、これから俺らと遊ぼう」

ユウヤは僕の服の肩のあたりを掴んでぐいぐい引っ張り始めた。

痛かったけど声が出ない。

どうやらゲームセンターの外に連れ出そうとしているみたいだった。

他の連中が周りを囲んで、外から見えないようにしている。

僕は助けを求めようとしてタケオを見たけど、すぐに目を逸らされた。

タケオも怯えていた。

やがてゲームセンターから出ると、建物の裏側へと無理矢理連れて行かれた。

「なあサイフ貸して」

ユウヤが勝手にポケットに手を突っ込んで、僕のサイフを取り上げた。

「返せ！」

取り返そうとしたら他の奴に押さえつけられた。

力一杯抵抗してもびくともしなかった。

ユウヤは勝手にサイフを開けると中からお金を取り出した。

「あれ、あんまり入ってねえわ」

ユウヤはそう言いながら僕のサイフを地面に放った。

金を取るとやつらは僕を放してゲームセンターの方に戻って行く。

立ち上がって追いかけようとしたら、やつらの一人が僕のお腹を力一杯殴った。
ものすごい苦しさがお腹から上がってきて、その場から動けなくなった。
タケオの方を見るとユウヤ達のグループと一緒にうなだれながら離れていった。

しばらくうずくまっていたけど、痛みが無くなったので立ち上がった。
でも、まだ足に力が入らない。
どうしていいか分からないので、仕方なく家へ帰ることにした。
「帰る時にケータイで連絡すれば良かったのに」
お母さんは夕食を用意しながらぼやいた。
確かに駅前から家まで歩くのはかなり遠かった。
いつも車だから体力がないのだ。
出された夕食は、悔しさと怖さで喉を通らなかった。
昼間あった事は家族には話していない。
一応僕にもプライドがあるから言いたくなかった。
後でサイフの中身が空っぽになっている事がお母さんにバレて怒られた。
仕方なく、全部落としてしまったと嘘でごまかした。
お姉ちゃんは僕の様子が変な事に気が付いて心配してくれた。
でも結局その日は言い出せなかった。

それから数日間はとても身体がだるかった。

不良にお腹を殴られた痛みもあるけど、気分も本当に重かった。

それでも学校に行かなきゃいけない。

タケオとは学校で会っても話すことは無かった。

タケオの方から僕を避けている感じだった。


でもある日の放課後、下駄箱の所でタケオが僕を待っていた。

僕を見て、しばらく気まずそうに黙っていた。

「兄ちゃんが……。お前のこと呼んで来いって……」

僕とは目を合わせずにそう言った。

「行かないよ」

はっきりと言ってやった。

「来いよ！」

タケオは僕の腕を掴むと強引に連れて行こうとする。

「絶対やだ！」

僕は必死で抵抗した。

もうあんな奴らは絶対に顔も見たくない。

気がつくと、いつの間にかタケオは泣きそうになっていた。

争っているうちに、足がもつれて二人とも床に倒れ込んでしまった。

僕は驚いた。

タケオのめくれ上がったTシャツの下から見えたお腹や背中がアザだらけだったからだ。

あちこちが紫色に腫れ上がっている。

「タケオ、お前それ……」

タケオはもうすでに泣き出していた。

「お前を連れてくるの嫌だって言ったら、めちゃくちゃ蹴られたんだ」

「誰に!?」

「兄ちゃん達だよ」

やっぱりそうだった。

タケオが必死になって僕を連れ出そうとしたのは、あいつらに脅されていたからだ。

「すぐ先生に言おう！」

「ダメだよ……。そん時は助かっても、後で何倍にも仕返しされるんだよ」

号泣するタケオがかわいそうになってきた。

僕が行かないと、また殴られるはずだ。

「……分かったよ。一応行ってやるよ」

僕は仕方なくそう言った。

タケオの話では、学校のすぐ近くの工場の廃墟であいつらは待っているということだった。

泣きじゃくるタケオの背中を押して昇降口を出た。

正直僕も怖くて仕方なかった。

でも他に方法が思いつかない。

午前中は晴れていたけど、いつの間にか西の空から黒い雲が湧き上がっていた。

雨が降りそうだなと思った。

重い足取りで工場跡に向かう。

いつ廃墟になったのか知らないけれど、だいぶ古くてボロボロの建物だ。

窓のガラスはほとんど割れて無くなっていたし、壁や屋根は大きな穴がいくつも空いている。

入り口の所まで来たので、中を覗くと真っ暗だった。

こんな所には入りたくないけど、僕とタケオは恐る恐る中に足を踏み入れた。

薄暗い建物の中には昔は動いていたであろう機械の残骸や、投げ込まれたゴミなんかが散乱している。

壁の内側にはスプレーで書かれた落書きもあった。

そんな工場内の一角に、ユウヤ達がかたまって座っていた。

輪になってタバコを吸っていたみたいだ。

「遅えよ‼」

僕たちに気がつくと、脅かすように怒鳴り声をあげた。

みんなでにやにや笑いながら、僕ら二人を囲んだ。

突然、僕の後ろに立っていたやつが飛びかかってきて、二人がかりで僕を押さえ込んだ。

「サイフ貸せや」

ユウヤはまたしても勝手に僕のズボンのポケットを探り始めた。

年上のくせに本当に馬鹿なやつだと思った。

だけど今回は無駄だ。

この前お金を無くしたから、罰としてサイフはしばらくお母さんが預かることになっている。

だから僕は一円も持ってない。

僕のランドセルまでひっくり返してみたけど、結局お金はどこにもない。

当たり前だ。


「お前、サイフどこに隠した！」

ユウヤは怒り狂って僕の顔を殴った。

悔しくてお返ししてやろうかと思ったけど、他の奴に掴まれていたから全然動けなかった。

「サイフは無いよ。親に取り上げられた」

そう言うと、ますます怒ったようだった。

「……金になるものは何か無いのかよ⁉」

僕の襟首を絞め上げながらユウヤは叫んだ。

こいつも誰かにいじめられてるのかも――。

何となく、そんな考えが浮かんだ
ユウヤは僕に顔を近づけて言った。

「お前の家、何でもあるよな⁉」

僕は答えなかった。

「時計とか、カバンとか何でもいいよ……。高級な物は全部持ってこい‼」

「いやだ」

怖いし痛かったけど、はっきり言った。

なぜかと言うと嫌だったから。

ユウヤがぞっとするほど気持ち悪い笑みを浮かべた。

ポケットから小さな何かを取り出して、僕の顔の前に突き出した。

それが何なのかは、すぐに分かった。

バタフライナイフだ。

僕は持ってないけど、ネットとかで見たことがある。

いつもは柄の部分に仕舞われてるけど、一瞬の操作で刃が飛び出すやつだ。

見るからにヤバい。

ユウヤはそれを片手で巧みに操って見せた。

刃の部分を僕の鼻先のぎりぎりの所でトリッキーに回転させている。

「言うこと聞かないと刺しちゃうよ」

ユウヤが目を大きく開きながらナイフの刃を僕の頬に押し当てた。

それと同時に、雷が鳴った。

叩きつけるような音がして、工場の中が真っ白に照らされた。

「どうすんだよ？」

相変わらずユウヤが笑いながらナイフの先端を僕の顔に向けている。

怖かったけど、僕はもっとヤバいものが見えてしまった。


さっきの雷が落ちた瞬間に、あいつがいた。


僕の誕生日に姿を見せるあいつの事だ。

さっき工場の隅っこの方に見えた。

いつものように、黒い服と帽子を被って立っている。

やっぱり人間とは思えないほど、異常に身長が高い。

白く濁った目でこっちを見ていた。

「しょうがねえ、一回教えてやるか」

ユウヤのナイフを握る力が強くなった。

頬っぺたにチクリと痛みを感じた。

本当に刺そうとしているようだ。

「タケオにも教えてやったよ。こうすれば言う事聞くだろ」

ユウヤはずぶり、とナイフの先端を僕の顔の皮膚に押し込んだ。


「助けて!!」


思わず悲鳴をあげた。

同時に物凄く大きな雷鳴が聞こえた。

頬っぺたに感じていた刃の冷たい感覚がなくなり、ナイフが床に落ちる音が聞こえた。

僕はゆっくりと目を開けてみた。

すぐに異変に気が付いた。

ユウヤが両目を押さえて震えていた。

「ちょっ、見えねえんだけど……！　何でだよ！」

目をやたらと擦っている。

よく見ると、押さえたあたりから血が吹き出している。

何が起きたのか分からなかった。

「おい、おれ今どうなってる⁉」

焦ったようにユウヤが取り巻きのやつらに聞いた。

両手を目から外すと、滝のように血が溢れてきた。

異常な量だ。

子供の僕にでもヤバい事が理解できた。

雨が勢いよく降ってきた。

この廃墟の屋根は穴が空き過ぎて、もはやその役目を果たしていない。

だから建物の中にも、大粒の雨がそのまま叩きつけた。

すぐに僕たちはびしょ濡れになった。

ユウヤは焦ってわめき散らしていたが、取り巻きのやつらは顔を見合わせてうろたえるだけだった。

もうユウヤの目玉それ自体が赤黒くなって、とめどなく血が滴り落ちている。

騒いでいたユウヤがだんだんと大人しくなって、ふらふらしながら床に膝をついた。

最後には床に出来た血溜まりの中にばたあ、と倒れ込んだ。

ユウヤの取り巻きの一人が情けない声で悲鳴をあげると、先を争うようにして逃げ出した。

仲間を置き去りにするなんて、ひどいやつらだと思った。

大雨が降り続ける中で、僕とタケオと動かなくなったユウヤだけが工場に取り残された。

黒い男の方を見ると、姿が消えている。

僕には何となく分かっていた。
あいつがやったんだ。

おじいちゃんが言っていた。
黒い男は丑蔓の家の守り神だって。
僕をナイフで刺そうとしたから、ユウヤはやられた。
「兄ちゃん!!」
タケオは倒れたままのユウヤに駆け寄って身体を揺さぶっている。
だけど全然反応しない。
「先生を呼ぼう!」
タケオを引っ張って学校へ戻ると、先生に一部始終を話した。
その後が大変だった。
救急車やパトカーが沢山来て大騒ぎになった。
僕も警察の人にあれこれと質問をされた。

ユウヤは病院に運ばれたけど、結局助からなかった。
タケオの兄ちゃんが死んだのはかわいそうだったけれど、これからはひどい目にあわされる事もなくなったので少しだけホッとした。

あの男が僕のことを守ったのだろうか。


この事件を聞いたおじいちゃんは、めちゃくちゃ怒って裁判をやるとか騒いでいた。

だから僕はこっそりと伝えた。

工場の廃墟で、あの黒い男を見たと。

するとおじいちゃんは目を大きく開いて笑った。

「あの方が現れたのか！　そうか……」

何でおじいちゃんが笑ったのか理解出来なかったので聞いた。

「あいつは一体誰なの？」

おじいちゃんは僕の頭を撫でながら言った。

「あのお方は〝みろくさん〟と言うんだ。この家に福音を齎《もたら》すお方だよ……」

みろくさん。

聞いたことのない名前だった。

「いつか分かる。栄一、お前は選ばれた人間なんだから」

おじいちゃんの話していることの意味は全然分からなかった。

でも、異様なほど浮かれているおじいちゃんの様子が怖かったのを覚えている。

タケオは兄ちゃんの葬儀があるからしばらく学校を休むという事だった。

めずらしく僕の家に電話をしてきて、次に会った時に謝りたいと泣きながら言った。
「気にしなくていいよ。また遊ぼう」
僕はタケオに言った。
タケオもユウヤ達に暴力を振るわれて大変だった。
多分僕よりも酷いことをされたはずだ。
だからもういい。
これでまた前みたいな普通の日々に戻ると思った。
でも、そうはならなかったんだ。
電話をした次の日にタケオは死んだ。

業火

タケオと電話で話した翌日、学校へ行くと何となく教室がざわついていた。
クラスメイト達はいつにも増して、僕を避けているような気がする。

朝の会が始まると、先生が重たい口調で言った。
「昨日の夜、タケオ君がご病気のため亡くなりました」
僕はその一言に頭を殴られたようなショックを受けた。
病気って一体何だ。
昨日の夜、たしかにタケオと電話で話した。
その時は元気だったはずだ。

でも先生はそれ以上詳しくは話してくれなかった。
その日はとても授業を受けられるような気分じゃなかった。

気がつくと、いつの間にか放課後になっていた。
家政婦の古谷さんからケータイにメールが入っていた。

お母さんが用事があって来られないので、代わりに車で迎えに来てくれたようだった。

もう校門の近くに着いて待っているそうなので、仕方なく僕はランドセルを背負って教室を出た。

廊下の角のところで何人かの生徒が集まって、ひそひそと話している。

その横を通り過ぎた時、話が聞こえてしまった。


『タケオは夜に血が止まらなくなって死んだらしい』


背中に電気が走った。

タケオの事を噂していたのだ。

この村は狭いから、人の噂なんかはすぐに広まる。


僕は恐ろしくなって駆け出した。

血が止まらなくなって死んだ――。

それはこの間亡くなった、ユウヤの事じゃないのか。

なんでタケオが。


昇降口を飛び出して一気に校庭を横切ると、駐車場に停まっていたうちの車に駆け寄った。

運転席から古谷さんがにこにこしながら降りてきて、僕に手を振った。

「栄ちゃま、そんなに走ってどうしたんですか？」

「何でもない」

僕は何も話さずにそのまま車の後ろの席に飛び乗った。

怖くて口に出したくなかったのだ。


古谷さんは気にせずに車を出した。

すっかり日が傾いて、あたりは薄暗くなっていた。

僕は車のシートにぐったりとなりながら、タケオの事を考えていた。

あいつは小学校でただ一人、僕と遊んでくれるやつだった。

それが何で――。


「あら、火事かしら……」

不意に古谷さんがぽつりと言った。

僕も窓の外を見た。

田んぼのずっと向こうの集合住宅のあたりから、黒い煙がもうもうと立ち上っているのが見えた。

時々、赤い火がチロチロと煙の下から見えた。

すごく嫌な予感がする。

僕は古谷さんに、火事を見に行きたいと頼んだ。

「帰りが遅くなると旦那様に怒られますよ」

そう言って渋ったけど、しつこくお願いしたら少しだけ見たら帰る約束でそっちに向かってくれた。

車が火事の起こっている方に近づくにつれて、消防車のサイレンの音が大きくなってくる。

僕の心臓が、ばくばくと高鳴る。

車が大通りから、通った事のある生活道路に入ると野次馬が大勢集まって火の方を見ていた。

僕は息が止まりそうになった。

嫌な予感が当たってしまったから。

赤い炎にすっぽりと飲み込まれているのはタケオの家だった。

大量の煙が夕闇の空に昇っていき、火の方から強い風がごうごうと吹いてくる。

渦巻きみたいになってる炎の中に、何かが見えた。

窓に顔を近づけてよく見てみると、それが人間であるのに気が付いた。


黒い人影。

それが黒い服を着た老人であると分かって、体中に鳥肌が立った。

あいつだった。

家の壁も屋根も何もかも焼け焦げるような凄い勢いの火の中で、あいつは顔色ひとつ変えないで立っている。

オレンジ色の炎に照らされて骨張った白い顔が鮮明に見えた。

昆虫みたいな黒い目玉には何の感情もこもっていなくて、ただ燃え上がる炎が反射している。

こんなにはっきりと僕には見えるのに、野次馬達は誰も気が付いていないのか。

みんなカカシみたいに突っ立ってぼーっと火事を見ていたし、怒鳴り声をあげる消防士の人や警察官も誰一人として分かっていない。

間違いなく僕だけに見えている。

試しに運転席に座っている古谷さんにも見えるか聞いてみたけど、あいまいな笑顔を作るだけだった。

「タケオ……」

僕は思わずつぶやいた。

昨日亡くなったタケオの遺体も、お葬式はしてないからまだあの家にいたかもしれない。

古谷さんが不意に振り返って言った。

「タケオって、この間栄ちゃまをいじめた兄弟でしょ。そんな家なら燃えて当然だわね……」

「……え⁉」

僕は意味が分からなくて言葉が出てこなかった。

「丑蔓の長男の、大事な栄ちゃまを傷つけようとしたのだから一族全員死んで当然ですよ。そんな卑しい奴らは燃えてしまえ……」

古谷さんの言葉は耳には聞こえていたけど、頭では全然分からなかった。

でも、明らかに異常だ。

古谷さんは気持ち悪い笑みを浮かべながら、じっとぼくを見つめていた。

やがて警察の人が駆け寄って来て車の窓をノックした。

危ないので、この場所から離れるように言った。

古谷さんは無言で車を出すと、そのまま屋敷へと帰った。

その後は家に着くまで僕は何も喋らなかった。

足が震えてしまっていたから。

古谷さんは運転しながら小さく鼻歌を歌っていた。

でも、翌日の朝のニュースでもっと嫌な事を聞いてしまった。

タケオの両親は昨日の火災で、二人とも死んでしまった。

贄

あの火災があってから二、三日の間は体の具合が悪くなってしまい僕は学校を休んだ。

お医者さんが家に来て診察してくれたけど、特に悪いところは無いのでゆっくり休むようにとだけ言われた。

部屋から出るのも怖いし、夜中になにかの音が鳴ったりするとびっくりして飛び起きてしまう。

お母さんが運んできてくれるお粥もほとんど食べられなかった。


そんな時、お姉ちゃんが心配して僕の部屋に来てくれた。

これまでも心が耐えられないくらい重くなった時は、よくお姉ちゃんが話を聞いてくれた。

僕は思い切って、この期間に起きた事や見たものを全部話すことにした。

喋り出すと止まらなかった。

お姉ちゃんは口を出さずに僕の話をうなずきながら聞いてくれた。

きっと普通の人が聞いたら、変だと思うような話を。

すべて話してしまうと、少しだけすっきりした気持ちになった。

いつのまにか涙が出ていた。

「その黒いやつ、みろくさんと言うんだね」

「うん、おじいちゃんが教えてくれた……。この家の守り神だって。でも誰にも言うなって」

それを聞いたお姉ちゃんはしばらく考えていた。

「ひとつ思い当たる事があるよ。多分、栄一が見たものと関係あるかもしれない……」

お姉ちゃんは少しずつ思い出すように喋った。

「確かにうちには、お祀りしている守り神がいるみたい。でもそれはね、私やお母さんはほとんど知らないんだ……」

「どうして？」

「理由は分かんないんだけど、おじいちゃんとお父さんだけで拝んでるみたい」

僕はそんな話、一度も聞いた事がなかった。

「真夜中に、時々二人だけで出かけていくんだよ。私達には言わないで、ひっそりと出かけるの。特に夏至と冬至の日には紋付の羽織を着て、正月みたいな格好で行くの。普通じゃないよね……」

僕は十時には寝てしまうので、そんな事には全然気がつかなかった。

「二人でどこに出かけるの？」

「うん。多分うちの所有している土地の、ある場所に行ってると思う。屠怫戸《とべと》って言う場所」

「とべと……？　何それ」

「よく分からないけど、おじいちゃんの部屋にあった古い手帳を偶然見たんだ。それで一回、調べてみたけど地名ではないみたい。でも、そこにうちの神を祀ってるんじゃないかと思う」

「どこにあるの、それ……？」

お姉ちゃんは自分のスマホを取り出して、地図のアプリを開いた。

GPSによって、今僕たちがいる丑蔓の屋敷が示される。

お姉ちゃんは地図をスクロールして、さらに山の中に入ったエリアを表示した。

そこは山奥だから森林に覆われていて、その間を細い道路が通っているだけだった。

けど、奇妙なものが一つ目に入った。

楕円形に木々が開けた場所があって、道らしき線が十字に交差している。

ちょうど道が交差している角に、建物の屋根みたいなものがあった。

「お姉ちゃん、これ何？」

「多分、これが神様が祀られてる場所だと思う」

お姉ちゃんはスマホの画面に表示された地図を拡大しながら言った。

だけど、変なのは周りは森に囲まれてるって事。

普通なら車で行けるように道路が通じてるはず。

「隠したいんじゃないかな。周りから……」

僕の疑問に答えるようにお姉ちゃんが言った。

「なんで隠すの？」

お姉ちゃんは、下唇に指を当てて考えたあとに言った。

「これは私の推測なんだけど……。栄一にとっては、ちょっと怖い話になるかもしれないけど聞いてね」

「うん。教えて！」

ここまで来たら本当の事を知りたい。

「お父さんに、お兄ちゃんがいたの知ってるよね？」

「知ってる。若い時に亡くなったんでしょ」

「うん。じゃあ、おじいちゃんにもお兄ちゃんがいたのは知ってる？」

「分かるよ」

「じゃあ、その前は？」

「分かんない……」

僕が言うと、お姉ちゃんがちょっと深刻な顔になった。

「私ね、過去帳をずっと辿ってみたんだ。そしたら、おじいちゃんよりもずっと前から兄弟の中で長男が早くに亡くなってるんだよ……。おかしいと思わない？」

僕は何度も頷いた。

そんなの他では聞いたことない。

「でね、それも変なんだけど問題は守り神だよね。そんなに何代にも渡って子供が死んでるって事は守り神の役割を果たしてなくない？」

たしかに僕の家で長い間、長男だけが早くに死んでるんだとしたらお姉ちゃんの言う通りだ。全然役割を果たしてない。

「おじいちゃんの部屋で見た手帳に書いてあったんだけど、昔からずっと同じ神を祀ってたみたいだよ。役に立たないのにずっと拝んでるなんて、どう考えても変だよ」

単純に昔からの習慣だからじゃないかな、と一瞬思ったけど違う。

なぜなら、特におじいちゃんなんかは使えるか使えないかを基準にして何でも選んでいたからだ。

拝む神様もご利益がないなら、さっさと乗り換えるタイプの人だ。

おそらくご先祖様も似たようなものじゃないかな、と思った。

そう考えると確かにおかしいという気がする。

「でもね、うちって長い間お金持ちで大きな屋敷に住んでるよね？　という事は家の長男が死ぬ代わりに……」

なんとなく覚悟していたけど、だんだんと怖くなってきた。

お姉ちゃんの言わんとしている事は僕にも分かった。

「つまり長男が〝生贄〟ということ？」

ごめん、とお姉ちゃんが謝った。

「やっぱり怖いに決まってるよね、こんな話……。でもずっと考えてきて、たどり着いたのがこれなんだ」

僕は首を横に振った。

「大丈夫だよ……。あいつが出るようになってから、何となく分かってたから」

お姉ちゃんも頷きながら言った。

「でもさっきの話、お父さんやお母さんに言っても信じてもらえないかも」

お姉ちゃんが言うには、お父さんはその神様を迷信だと思っているふしがあるようだし、お母さんはあまり関わっていないようだ。

「栄一はどうしたい？　これから……」

お姉ちゃんが聞いたので、僕の意見を言った。

「〝どべと〟を調べたい……。本当の事実を知りたい」


季節は間もなく夏至を迎えようとしていた。

屠怫戸

夏至の日が来た。
その夜は空がよく晴れていて星がきれいに見える。
昼間は暑かったけど、夜になるとすーっと温度が下がった。

僕はいつもと同じ時間に布団に入ったけど、寝たふりをしてこっそり起きていた。
真夜中ごろになると、お姉ちゃんから僕のスマホにメールが来た。

『おじいちゃん達が、出かけるよ』

僕は布団から抜け出すと、足音を忍ばせて窓際に近づいた。
カーテンを少しだけ開いて外を見る。
おじいちゃんとお父さんが二人で門の方に歩いて行くところだった。
確かに普段は着ない、袴姿だった。
なんだか雰囲気が違う。
二人は何か袋のようなものを肩に担いで運んでいる。

それを駐車場に停めていたワゴン車に乗せた。

その間も二人は人目をはばかるように、あたりを見回していた。

やがて荷物を積み終えると、車はゆっくりと駐車場を出て行った。


『私達も行くよ』


お姉ちゃんからメールが来たので、僕はあらかじめ用意していたウインドブレーカーを着てリュックを背負った。

リュックには小さい懐中電灯とかが入っている。

これからおじいちゃん達の後を追いかけるのだ。

こっそりと廊下に出ると、お姉ちゃんも部屋から出て来た。

僕と同じようにウインドブレーカーを着てトレッキングパンツをはいている。

長い髪を一つに縛っていた。

「栄一、心の準備は出来てる？」

お姉ちゃんの問いに僕は無言で頷いた。

「じゃあ、行こう」

お母さんに気づかれないように、こっそりと裏口へと回った。

靴も準備していたので、裏口から出る。

門の横の潜戸を通って外に出ると、近くの茂みに入った。

そこにはマウンテンバイクが二台、横倒しに置いてある。

前もって隠しておいたのだ。

僕とお姉ちゃんはそれに跨ると、家の敷地を出た。

こんな真夜中に出掛けた事はなかったので、どきどきする。

お姉ちゃんのマウンテンバイクにはスマホホルダーが付いてるから、そこにスマホを固定して地図を見ている。

途中までは道路があるから良いけど、近くに行ったら森の中を歩かないと行けない。


お姉ちゃんは緩やかな坂道をどんどん先に行く。

お姉ちゃんは勉強の成績も良いし、スポーツも出来る。

でも僕はあんまり運動が得意じゃないので、ついて行くのがやっとだった。

幸いにも屋敷からそれ程遠いわけじゃなかったので、十分くらいすると目的地に着いた。

すでに僕の太ももはパンパンに張っていた。


「やっぱりここだよ」

お姉ちゃんが道路脇のスペースに止まっているワゴン車を見つけた。

うちの車だった。
覗き込むと、中には誰もいない。
さっき家で積み込んでいた袋も無くなっている。
おじいちゃん達もここで車を降りて、森の中に入って行ったはずだ。
マウンテンバイクを森の中の茂みに見つからないように隠した。

森の中は本当に真っ暗だったので、懐中電灯を取り出して足元を照らした。
お姉ちゃんもライトで辺りを照らしながら調べていた。
「あった。小径があるよ」
獣道みたいに藪が拓けている小さい道だ。
多分おじいちゃん達が毎回通るための道だろう。
おじいちゃん達の気配はしない。
もう、だいぶ前に奥に進んだのかもしれない。

お姉ちゃんを先頭にして僕たちも道を辿った。
見つからないように、足元だけを照らしながら歩く。
しばらく行くと、道はだんだんと坂になっていった。
息を切らしながら登る。

お姉ちゃんは後ろの僕を時々振り返って、気遣いながら進んでくれた。

辺りの空気が夏とは思えないほど冷たくなってきた。

山の中だからしょうがない。

いつの間にか、木々の間から靄が漂っている。

山の上の方から霧が降りてきたみたいだった。

ライトで照らしてもぼんやりとしている。

僕は心細くなったので、時々前を行くお姉ちゃんの服を掴んで存在を確かめた。


だいぶ進んだところで、木々が開けた場所に出た。

「ここだよ」

ささやき声でお姉ちゃんが言った。

スマホを見ている。

僕も画面を覗き込むと現在地は確かに、あの道が十字になっている広場を示していた。

だけど、目の前は霧がかかっていたので全体を見渡す事は出来ない。

どのくらいの広さなのだろうか。

「ここが屠怫戸……」

もちろん、お姉ちゃんも来るのは初めてだという。

うちの家だけが知っている、秘密の場所。

なんとなく周りと空気が違う気がする。

「栄一、あそこ……」

お姉ちゃんが指差した方向を見ると、ぼんやりと灯りが霧の中に浮かんでいる。

「お姉ちゃん、あれって……」

「うん。多分、地図に出てた建物だよ」

スマホで地図を確認した時に、確かに道が交差する辺りに建物の屋根があった。

きっとそれだろう。

多分、おじいちゃんとお父さんはあそこにいる。

「栄一、今ならまだ引き返せるけど……」

お姉ちゃんが念を押すように聞いた。

きっとお姉ちゃんも不安なはずだ。

でもここまで来たら確かめたい気持ちが勝った。

「行ってみよう。近くまで」

木々の間から出ると広場は芝生が生えていた。

道は土だったけど、きれいに整備されいてるようだった。

お姉ちゃんと僕は身を屈めながら、建物へと真っすぐに進んでいった。

霧の中から何か出てきそうで怖かった。

建物に近づいてみて分かった。

それは大きな蔵だった。

中にお酒や米などを保管するための昔の倉庫だ。

見上げると白い壁と立派な瓦屋根が見えた。

なんでこんな物を山の中に建てたのか、改めて疑問に思う。

中から嗅いだことのない独特の匂いが漂っている。

「お香を焚いてるんだ……。中で何してるんだろ」

お姉ちゃんが言った。


蔵の正面に出ると入り口があった。

扉は二重になっているようで、外の分厚い開き戸は開いていた。

内側の戸は薄い引き戸になっていて、格子の入った窓があった。

中から橙色の光がほのかに漏れている。


おじいちゃん達に見つかったらヤバいので、お姉ちゃんは慎重に扉の窓を覗き込んだ。

「誰もいない……」

お姉ちゃんが小声で言ったので、僕も中を覗き込んでみた。

確かにおじいちゃん達の姿はない。

中はがらんとしていて、壁際に階段みたいに積み上げられた古い箪笥とか棚とか漆塗りの木の箱なんかが置かれているだけだった。

一番奥に階段が見える。

蔵の中は二階建てになっているらしい。

もしかしたらおじいちゃんとお父さんは二階にいるのかもしれない。

「開けるよ」

お姉ちゃんが言ったので僕は頷いた。

引き戸に手を掛けて、ゆっくり開く。

幸いなことに音はほとんどしなかった。

体を横にして通れるぐらいまで開けると、お姉ちゃんは息を殺して中に忍び込んだ。

僕も決意が揺らがないうちに、後に続いて中に入った。

建物の中にはやっぱりお香の匂いが立ち込めている。

ちょっと気持ち悪くなって、咳き込みそうになったけど我慢した。

照明は電気じゃなくて、壁に火のついたランプが灯っている。

部屋の中を見回すと、壁も箪笥も煤けて茶色く汚れている。

大分古いみたいだ。

急に二階からおじいちゃんの声がしたので、心臓が飛び出しそうになった。

何か喋っているみたいだ。

だんだん足音と声が階段の方に近づいて来た。

お姉ちゃんが無言のまま、ぐいっと僕の腕を引っ張った。

お姉ちゃんに引っ張られるままに棚の後ろに滑り込んだ。


タッチの差でおじいちゃん達が階段を降りて来た。

「今年も無事に終わったな……」

おじいちゃんが満足気に話している。

お父さんも一緒にいるみたいだけど、何も喋らなかった。


しばらく息を止めて様子を窺っていると、やがてランプの灯りが次々と消えていった。

蔵の中が完全に真っ暗になると、どすんと音がして扉が閉められたみたいだった。

どうやらおじいちゃんとお父さんは帰ったようだ。

建物の中は完全にしん、としていた。


「帰ったみたいだね、おじいちゃん達」

お姉ちゃんが懐中電灯をつけたので、僕もため息をついた。

棚の陰から出て、ライトで階段の方を照らした。

おそらく二階に、うちの秘密がある。

「行くよ、栄一……」

お姉ちゃんは階段に近寄った。

ライトで階段の上を照らしてみたけど、天井以外は何も見えない。

ここに来て、なんだか急に厭な感じがしてきた。

ここから先は立ち入っちゃいけないような気がする。

胸がざわざわするのだ。


ぎいっと音がして、お姉ちゃんが階段に足をかけた。

様子を窺いながらゆっくりと上っていく。

やっぱり止めようって、喉元まで出たけど声にならなかった。

僕もお姉ちゃんと手を繋いだまま階段を上る。

なんだか口の中がカラカラに乾いていた。


二階に上がると、お香の匂いがむっとした。

でもそれに混じって、変な匂いもする。

それは錆びた鉄を触った時の手の匂いに似ていた。

「血の匂いがするね……」

お姉ちゃんが呟いた。

真っ暗だったから、恐る恐る奥へと進んだ。

二階の奥側の壁には祭壇みたいなものがあった。

何かが祀られてる。

でも、目を引きつけられたのは祭壇の前に捧げられたものだった。


動物の首が供えられていた。


ヤギ、牛、羊、鳥――。

その動物達の首が台の上に並んでいた。

ライトを反射して眼球が光った。

台の上は首から流れた血で濡れている。


僕は夜ご飯に食べた物を吐き出しそうになって、床に突っ伏した。

「栄一、大丈夫⁉」

お姉ちゃんが心配して、しゃがんで僕の顔を見た。

息を深く吸い込んで、何とか吐き気を押さえ込んだ。

「……お姉ちゃん、あれ何？」

「分かんない……。でも、普通じゃないよ」

お姉ちゃんもショックを受けている。

それはそうだ。

動物の切り落とされた生首があるなんて、誰も思わない。

思い返してみると、屋敷を出る時におじいちゃんやお父さんが持っていた袋にはこれが入っていたんじゃないだろうか。

きっとこの首は、祭壇に祀られたものへのお供え物なんだ。


また胃の中身が逆流しそうなのを堪えて、お姉ちゃんに聞いた。

「……あの、祭壇に祀られてるのは何なの？」

お姉ちゃんは、ゆっくりと懐中電灯の光を祭壇の一番上の中央に当てようとした。

その瞬間ライトの光が暗闇に吸い込まれるみたいに、すうっと消えた。

「あれ、電池切れ……」

お姉ちゃんは何度もスイッチを押してみたけど、全然反応がない。

僕は自分の懐中電灯をつけようと思った。

でも、おかしな事にこっちもスイッチを入れても全然光らない。

「お姉ちゃん、僕のもつかないよ？」

そう言った時、僕たちの背後に人の気配を感じた。

僕もお姉ちゃんも固まってしまった。
おじいちゃんとお父さんは、確かにさっき帰っていったはず。

僕らの後ろに立ったそいつは、闇の中で深く息をしていた。
見えなかったけど、圧迫するような空気を感じた。
僕もお姉ちゃんも黙っていた。
言葉で言えない、ものすごく厭な感じ。
蔵の二階にも窓があって、外からの明かりが微かに入ってくる。
姿こそ見えなかったけど、僕には何となく分かった。
後ろにいるのはあいつだ。

ゆっくりと後ろを振り返ってみた。
だんだんと闇に目が慣れてきて、そいつの輪郭が浮かんできた。
異様に背が高く、帽子を被っている。
その下の双眸がわずかな光を反射して光った。
そいつは僕を見ていた。
片方の手がゆっくりと持ち上がり、僕の方に近づいた。

縛られたみたいに、まったく身体を動かせない。
伸びてきた大きな手が僕の頬に触れた。
岩のようにごつごつとした硬い指だった。
それ以上に、その手が氷みたいに冷たかった事に驚いた。
その手は慈しむように僕の顔を撫でた。

今度はもう一方の手が持ち上がって、お姉ちゃんの方に伸びていった。
お姉ちゃんは直立したまま固まっていて、小刻みに震えていた。
大きな手がお姉ちゃんの頭に置かれた。
その瞬間、お姉ちゃんが恐ろしい声で絶叫した。
何が起きてるのか、暗くてよく分からない。
叫び声はいつまでも止まらなかった。
僕はその声を聞きながらだんだんと意識が薄れ、いつのまにか気を失ってしまった。

次に気がついた時には、いつのまにか僕は蔵の外にいた。
芝生の上に仰向けになって寝ていたのだ。
すぐ横にお姉ちゃんが立って僕を見下ろしていた。
お姉ちゃんが僕を運んでくれたのだろうか。

外に出た記憶が全然ない。


「……帰るよ」

それだけ言うと、お姉ちゃんはくるりと背を向けて歩き出した。

僕は慌てて起き上がってお姉ちゃんの後を追いかけた。

「お姉ちゃん、どうしたの!?」

なんだか様子が変だ。

お姉ちゃんは、ぼーっとして目も虚ろだった。

僕はさっきまでの事を思い出した。

蔵の二階を調べてたら、あいつが姿を現した。

それで僕は気を失って……。

お姉ちゃんはずっと悲鳴をあげていた。

よく見るとお姉ちゃんの服に血が付いている。

「お姉ちゃん、何があったの……？　あいつに何かされたの!?」

僕は心配になってお姉ちゃんに何度も聞いたけど、全然教えてくれない。

「あんな所は危ないから近寄っちゃだめだよ……」

そんな事をぶつぶつと繰り返すだけだった。

僕はもやもやした不安を抱えたまま、お姉ちゃんに付いていく。

二人でもと来た道を辿って、道路まで戻ってきた。

お父さん達の車は無かったから、もう帰ったはずだ。

来た時と同じように、二人でマウンテンバイクに乗って山道を下って行く。

その間も僕らは一言も会話しなかった。


家にたどり着く頃には、東の空がだんだんと明るくなってきていた。

お姉ちゃんは自転車を乗り捨てるように降りると、僕の方を振り返りもせずに家の中に入っていった。

やっぱり、様子がおかしい。

いつものお姉ちゃんと全然違った。


やっぱりあいつに、黒い男に何か危害を加えられたんだ。

僕は確信した。

あの男は本当に怖い存在なんだ。


それにしても、あの〝どべと〟という場所は一体何だったのか。

ますます意味が分からなくなってしまった。

お姉ちゃんが元に戻ったら、また話し合おうと思っていた。

でも、それは叶わなかった。

その日から、お姉ちゃんはだんだんおかしくなっていった。

僕や家族ともろくに口をきこうとしない。

最初は怒っているのかな、とも思ったけど違う。

目が虚ろになり、いつも暗い表情を浮かべている。

また外に出かけても、トラブルを起こすようになった。

学校で家の悪口を言われたとかで、仲の良かった親友とも大喧嘩したらしい。

でも、学校の説明では誰もうちの悪口を言っていないという。


やがてお姉ちゃんは自分の部屋に引きこもるようになってしまった。

時々、外に出て来るとおかしな声で叫んだりした。


ある日、お母さんから呼び出されて言われた。

「お姉ちゃんは、病気にかかっているのよ。だから栄ちゃんも協力してね」

お姉ちゃんは精神的な病気になってしまったという。

お医者さんも原因は分からないらしい。

僕は頭を抱えてしまった。
原因が分かっていたから。
お姉ちゃんがおかしくなったのは僕のせいだ。
僕が事実を知りたいと言ったばかりにこんな事になってしまった。
屠怫戸なんて所には、行かなければ良かったんだ。
そしたらお姉ちゃんは巻き込まれずにすんだ。

僕はこれまで以上にあいつの影に怯えるようになった。
でも大人しくしていないとダメだ。
僕が騒いだら、お父さんやお母さんまで巻き込まれるかもしれない。
だから僕はすべての事を胸にしまって黙っている事にした。

やがて冬至の時期が来て、その夜もおじいちゃん達は出かけて行った。
僕は、気がついていたけれど知らないふりをした。

心と口を閉ざして、怖いものは見ないようにする。
それが一番大事だ——。

取材メモ三：栄一の友人Tについて

【栄一の友人Tとその家族について】


丑蔓家長男の栄一には一人の友人がいた。

仮にTと呼称する。

Tは栄一の同級生だったが、もともと他県から転入して来たので丑蔓家に対する偏見がなかったためか、栄一と親しくするようになった。


ただTの家は少々複雑な家庭環境だったようだ。

まずTの実母であるMは離婚歴があり、女手一つでTを育てた。

Mはもともとホステスとして働いていたが、その店の常連客だったトラック運転手のKと親密な仲になり再婚している。

Kも前妻と離婚していて、息子のYと暮らしていた。

再婚を機に四人は一緒に暮らすようになった。

だがある時に事情は分からないが、もともと住んでいた県から逃げるようにしてあの村に越して来たという。

Ｍが働いていた店と金銭的なトラブルがあったとも言われている。


ただ問題だったのはＫの暴力だった。

Ｋは酒を飲むと見境なく暴れた。

飲み屋で他の客とトラブルになり、警察の世話になった事も一度や二度ではない。

暴力は家庭内にも向けられた。

少しでも気に入らない事があると、妻のＭを殴った。

またＭが仕事で出ている時は、息子達にひどい暴力を振るっていた。


さらにＫの連子であるＹは中学生になると、いじめを受けるようになった。

Ｙは家にいる時は父親に暴行を受け、学校に行くと不良グループ達から殴られた。

家庭にも学校にも居場所がなくなったＹは登校しなくなり、家にもほとんど帰らなくなった。

やがて隣町にあるショッピングモール内のゲームセンターに入り浸って時間を潰すようになった。そこにはＹと同じように、不登校になった子供達が出入りしていた。


Ｙはそこにいた者達をまとめてグループを作った。

遊ぶ金を作るために、Ｙは仲間達と集団で万引きを行うようになる。

囮《おとり》役が店員に話しかけて気を引き、その間にＹ達が商品を持ち出した。

また夜になると、闇に紛れて寺社仏閣の境内に忍び込み、賽銭箱をバールのようなものでこじ開けて中身を盗んだりした。

ただ、これに目を付けた他のもっと年上の不良グループがYに近づいてきた。

このグループから金を脅し取られるようになったのだ。

Yはもともとは社会的弱者に過ぎなかったので、何の抵抗も出来なかった。

これによってY達の犯罪はさらに先鋭化するようになった。

少し遠い街まで出かけて行って量販店などで箱から中身だけを大量に盗み出して転売するなど、やり方がどんどん悪質になっていく。

Yは自分が受けた暴力を、さらに弱い者たちにも向けるようになった。

同じ中学の生徒を恐喝して金品を巻き上げたり、夜道を歩く年配の女性をターゲットに、引ったくりを働いたりした。

そうして金を作らないと、不良グループから酷い目にあわされるからだ。

やがてYは傷害事件を起こし、鑑別所に送られる事になった。

これでYは大人しくなるかと思われたが、実際はその逆だった。

彼はまた犯罪に手を染めるようになったようだ。

一度馴染んでしまったコミュニティーから抜け出すのは難しい。

Yはかつての仲間たちの元に戻った。

そもそもYを受け入れるべき家庭が機能していなかったのだから当然の成り行きと言える。

だが以前のように盗みを働こうとしても、彼は周辺地域では札付きの悪として顔が知られるようになっていたので思うように動けなかった。

かつて根城にしていたショッピングモールも出入り禁止にされていた。


そんな時、弟のTが金持ちの家（丑蔓家）の同級生と交友関係を持つようになった事を知った。

仲間に聞くと、あの村では随一の資産家の息子だという。

Yはそこに目を付けた。

Tを呼びつけると、資産家の長男（栄一）を呼び出すように命じた。

Tはそれを拒んだので仲間たちと暴行を加えた。

その後、Tは栄一をYに会わせたようだ。

Yは栄一からも金品を取りあげた。


Yはかつての不良グループからも金を要求されていたので栄一という新しい金づるが出来た事を最初は喜んだはずだ。

ただこの前後にYは死亡する。

ちょうど栄一を呼び出した時（この時も恐喝目的だったと言われる）、Tと栄一が通う小学校近くの廃墟内で事故死した。

私が村の人間から聞き取った話によれば、近所の人間が駆け付けた時、Yの遺体は両目や耳からおびただしい量の血を流していたという。

落雷による感電で血管が破れて、大出血を起こしたのではないかと言われている。

（※ただこれは警察の発表等ではなく、村の中で流布していた話である）

これによって栄一とTはYの暴力から解放された事になる。


ただ不可解な死がその後も続いた。

まずT自身が急死した。

Yの死からわずか数日後の事だ。

死因については病死という事だったが、病名等の詳細は調べても分からなかった。


さらに両親のKとMが翌日に揃って亡くなっている。

自宅の火災による焼死だ。

漏電による出火だったようだ。

奇妙だったのは火災発生後にKとMは避難出来たにも関わらずに、屋内に留まっていたらしい事だ。

二人の焼死体は居間の畳の上にうずくまったような格好で見つかった。

まるで何かに平伏しているように見えたという。

YとTを立て続けに亡くした心労で無理心中をはかったのではないかと噂された。

だがここまで取材した経緯を見ると、それは考えにくいのではないか。

子供の死を悲しんで責任を感じるような神経を持った両親なら、虐待など最初からしないはずだ。

いずれにせよこの件も丑蔓家の周辺で起きた悲劇と言っていいだろう。

現在：十蔵氏の手帳

誰かが私の名前を叫んでいた。

下半身の方に何かがのしかかっていて、息苦しい。
誰かが私の名前を呼びながら頬を叩き続けている。
ゆっくりと目を開けた。
清音が、私の顔を覗き込んでいた。
「よかった！　種島さん、しっかりして下さい」
私は周りを見渡して目を見張った。
一面泥で覆われている。
私自身の身体も半分埋まっていた。

記憶を辿ってみる。
私は北畑さんを病院に連れて行くため、車を運転していた。
でも道路が崩落していて進めず、さらにはそこで自分達も土砂崩れにあったのだ。
必死で逃げたところまでは覚えている。

多分、私は押し寄せる土砂に飲み込まれたのだろう。

ただ生きているという事は、直撃は免れたようだった。

幸いにも私に被さっている泥は柔らかかった。

自分達が乗って来た車があった場所は完全に土砂に埋まっている。

あと少し逃げるのが遅かったら危なかった。

清音も泥にまみれているが、無事だったようだ。


私は近くにあった倒木を掴んで身体を起こそうと試みる。

清音も一緒に引っ張って、なんとか泥の中から脚を抜くことが出来た。

衣服が破れていて擦り傷があったが、どうにか立ち上がる事が出来た。

大きな怪我がなかったのが不思議なくらいだ。


残念だが、北畑さんは車と一緒に流されてしまったようだ。

そして土砂から後部だけが出ていた兼二さんの車も完全に所在が分からなくなっている。

私は深いため息をついた。


ちょうどそこからは山の下に広がる別の村を見渡せたが、灯りひとつ見えない。

多分この地域一帯が停電しているのだ。

この分では村の方でも冠水などの災害が起きている可能性がある。

こちらの惨状に誰かが気づいて助けが来る可能性は低そうだ。


「種島さん、どうしますか？」

「この道路が通れない以上、屋敷に戻るしかありません。この状況を皆に知らせないと……」

仕方なく徒歩で、丑蔓の家まで戻る事にした。

相変わらず大粒の雨が顔に打ちつける。

重い足取りで、坂を登っていく。


「北畑さんは、私にとって父親みたいな存在でした……」

不意に、清音が歩きながら言った。

「私は小さいころから、他の人に見えないものが見えていました。もともと私のおばあちゃんやお母さんにも、そういう力はあったのですが私は特に強かったんです。夜寝ていても、街を歩いていても怖いものがたくさん見えてしまうんです」

私は無言で聞いていた。

「だから小さい時は本当に悩みました。なんで自分だけこんな辛い思いしなきゃいけないのかと……。死んだ方が楽だと思っていた時期もあります。でも北畑さんに会ってから、自分の感覚をコントロールする方法を教えてもらいました。『お前の存在は誰かの役に立つ。だから生まれて来たんだ』って言ってくれました。北畑さんは人のために自分の力を使ってましたから、私もそうなりたいと思って一緒に修行するようになったんです」

清音は泣いているようだった。

「私が北畑さんをこの村に連れて来なければこんな事には……」

私が呼ばなければ、彼は死ななかった。

「そうじゃないです……。あの家の人々は苦しんでいました。だから北畑さんも本望だったと思います……」

話しながら歩いているうちに、丑蔓の屋敷が見えてきた。

「私が仇《かたき》を討ちます」

清音が強い口調で言ったので、私は思わず振り返った。

「彼は丑蔓家にはもう関わるなと……」

あの北畑さんが命を落としたのだ。

新たな犠牲者を出し兼ねない。

「いいえ、放っては置けません。それにもう手遅れです……。完全にあいつは私達皆の命を取ろうとしています」

清音の言葉に戦慄を覚えた。

この凶事はまだ終わっていないということか。

それにしても、彼女は大人しい女性という印象しかなかったので少し驚いた。

これまでは北畑さんに影のように付き従うだけだった。

でも今は自ら抗おうとしている。


丑蔓家の玄関を潜ると、親戚達は皆疲れたようにうなだれていた。

長女の塔子は井戸に落ちてから、もう一時間以上経っている。

西脇さんに聞くと、井戸の内部は水かさが上がってしまい彼女の生存は絶望的だという。

静恵さんはショックで倒れたままだった。

十蔵氏の逝去も重なっていたので、道路が寸断された事と兼二さんの消息を伝えるのは断腸の思いだったが黙っているわけにもいかない。

親戚達に話すと、皆意気消沈して泣き出す人もいた。

この屋敷は土砂災害と通信障害で、あらゆる意味で外界から遮断されてしまっている。

こんな状況で清音はどうしようと言うのか。


「あいつは、この家の中にはいません。屋敷に入ろうと隙を窺っていましたから」

「じゃあ、どうすれば……？」

「多分別の場所に祀られています。それさえ分かれば……」

兼二さんが言っていた、〝みろくさん〟はこの屋敷内にはいないと言う。

だが彼が帰らぬ人となった今、手がかりはない。


「お話があります」


雷鳴が轟いた時、誰かが私に声をかけた。

振り返ると長男の栄一がそこに居た。

彼の方から話しかけてきたのはこれが初めてではないだろうか。

「お話とは？」

「皆さんは、昔井戸に落ちて亡くなった女性が僕の家に祟っていると言いました。でもそれは間違いです……」

私は驚愕した。

長男の彼自身がその事を知っていたから。

「この家には、もっと怖いモノが取り憑いてる」

「怖いモノとは……？」

「〝みろくさん〟とおじいちゃん達は呼んでました。僕もそいつを見た事があります」

私と清音は顔を見合わせた。

この少年は全てを知っていた。


「なぜ先に教えてくれなかったの？」

「教えたら、皆さんも死ぬからです……。僕の友達も、お姉ちゃんもあいつにやられたんだ！」


栄一が叫んだ。

これまで堪えてきたものが一気に溢れ出したようだった。

この少年はずっと一人で重い物を抱え込んでいたのだ。

栄一はこれまでの経緯をすべて話してくれた。

姉の塔子がおかしくなった理由や、黒い老人の話。

以前の私なら信じられないような事だった。


「すべては屠怫戸という場所にあります。きっとあいつもそこにいる……」

栄一はそう言って、手に持っていた手帳を差し出した。

「これはおじいちゃんの手帳です。これに手掛かりがあると思うけど、僕には分からない事も沢山書いてあります」

私はその手帳を受け取った。
かなり使い込まれている手帳で、見たところ珍しく山羊の革が使われている。
しなやかな仔山羊のキッドスキンだった。

手帳を紐解くと、細かい字でびっしりと何かが書き込まれていた。
私はパラパラとページを捲りながら読み進めた。
そこには〝みろくさん〟の具体的な祀り方の作法などが記述されていた。
祭壇の組み方から、供物や祭文までが詳述されている。
おそらく次の世代にもつつがなく継承できるように配慮されたものだろう。
印象的だったのは、丑蔓家がみろくさんと出会った経緯だった。
正確な史実というより、おとぎ話めいた逸話だった。

あの瞽女の一件にも名前が出てくる丑蔓嘉太郎氏について書かれている。
江戸時代末期の丑蔓家は困窮を極めていた。
その日食べるものにも困る有様だったらしい。
当時、まだ年若かった嘉太郎氏は日本海側のある港湾都市に出稼ぎで赴いていた。
輸送船が運んできた物資の荷揚げが主な仕事だったようだ。

嘉太郎氏は日々懸命に働き、稼いだ金のほとんどは実家の丑蔓家に仕送りしていたようだ。

その働きぶりは頭領からも評価されたようだった。

そんなある日、嘉太郎氏は頭領から〝抜け荷〟の仕事を命じられた。

いわゆる密貿易の事で、江戸末期の日本は鎖国体制にあったから、もし見つかれば死罪となる。

ただし通常の仕事ではとても得られないような額の賃金が提示された。

嘉太郎氏はしばらく悩んだ後、引き受ける事にしたようだ。


オランダやロシアをはじめとした諸外国やアイヌとの交易によって、見た事も無いような舶来品が港の一角に流れ着いた。

それを闇に紛れて荷揚げしていたのだ。

ただ嘉太郎氏自身はその後も酒も博打もやらずに、稼いだ金を生活に必要な分以外はすべて本家への仕送りに当てていたようだ。

これだけを見ると、実直な若者だったというのが読み取れる。


ただし、ある出来事を境に嘉太郎氏は変わってしまったようだった。

それはとある夏の夜だった。

ある国の輸送船が前日の嵐で難破して、浜に残骸が打ち上げられていた。

船員の遺体や、積載物がそこら中に散らばっていた。

嘉太郎氏は役人が来る前に、珍しい物でもあったら拾おうと思って浜を歩き回っていた。

すると誰かの呻き声が聞こえた。

声のした方に行くと、一人の老人が倒れていたのを見つけた。

背は高く痩せていて、特徴的な長いあご髭を生やしている。

この難破船の乗員かもしれない。


嘉太郎氏は男を近くの小屋に運んで介抱した。

焚き火に当てさせると、いくぶん回復して老人は話が出来るようになった。

流暢な日本語を話したという。

彼は密貿易の輸送船に通訳者として乗っていたという。

嘉太郎氏は気まぐれで、この男を自分の宿場に連れて帰る事にした。

老人は回復すると、嘉太郎氏にお礼と称して母国の信仰について語った。

彼は単なる通詞ではなく宣教の役目も帯びているという。

嘉太郎氏も切支丹の噂は聞いていたので、はじめは耶蘇の話かと思ったがどうも違う。

血の犠牲を払う事で、神からこの世での繁栄を約束されるという聞いた事もない教えを唱えたという。

彼は安酒を呷りながら聞いていた。

この老人の話が巧みだった事もあり、嘉太郎氏は興味を引かれた。

幼い頃から赤貧に喘いでいたので、豊かさへの憧れもある。


『みろくを崇めないか』


男が勧めるので嘉太郎氏は思わず首を縦に振った。

もともと神仏を拝む方ではないので、単なる験担ぎ程度のつもりでいた。

男は紙を取り出すと、嘉太郎氏に署名するように言ったという。

紙には見たことのない異国の文字が並んでいた。

何かの契約書に見えた。

嘉太郎氏は文字が書けなかったが、自分の名前だけは書ける。

親からは不用意に判をつくなと言われていたが、酒の勢いも手伝って名前を書いてしまった。

どうせこんな流れ者とのやり取りなど、この場限りのことだ。

署名が終わると老人は満足気に笑った。

翌朝には宿場から姿を消していたという。

ただその日から嘉太郎氏を取り巻く、全てが変わった。

頭領が酒場での刃傷沙汰に巻き込まれて死んだ事で、自分が抜け荷の仕切りをする事になったのだ。

あっという間に大金が懐に入るようになった。

役人には口止めの金を渡す事で、港湾で幅を利かせる事が出来るようになった。

さらにはそれで出来た金を米相場に投下して、みるみるうちに資金は膨らんでいった。

嘉太郎氏は算術など学んだ事は無かったが、なぜか全てが分かったという。

金を稼ぎ、博打を打ち、女を買った。

狂ったように日々が過ぎ去っていく。

ある時、ふと老人と取り交わした契約書を思い出した。

取り出して見ると、不思議なことに学んだ事もない異国の文字で書かれた契約書を読むことが出来た。

その文言の中に書かれていた。


〝あなたはあなたの息子を神に捧げなければならない〟

十蔵氏の手帳に書かれていた内容は、にわかには信じがたいことばかりだった。
でも今の私には事実に思える。
想像を超えるようなものを目の当たりにしたからだ。

日記にはその後の事についても書かれていた。
港町で財を成した嘉太郎氏は、その後この地に戻り豪商としての地歩を築いていった。
そして現在の丑蔓家に繋がっているようだ。

嘉太郎氏は老人と取り交わした契約書に従って所有していた土地を切り開き、屠怫戸を築いた。

そこにみろくさんを祀ったという。
栄一や塔子が見た蔵は、礼拝堂のようなものらしい。

その後、彼は妻を娶り三人の子供をもうけている。
家は繁栄し、この世の春を謳歌していたが、嘉太郎氏の長男に異変が起きた。

十歳になった頃から、会ったことのない奇妙な老人の姿が見えるようになったのだという。

それは長男が元服を迎えた日にも現れた。

ただ、他の者にはその姿が見えず、長子だけが異様に怯えていた。

嘉太郎氏は息子に老人の特徴を訪ねた。

背の高い、黒い服に身を包んだ男だと言った。


嘉太郎氏の脳裏に数年前の夏の夜の記憶が甦った。

奇妙な異国人と取り交わした契約――。

そもそも自分がここまで豊かになったのは、あの日を境に始まった事だ。

全て、あの男の言った通りになった。

約束通り丑蔓家は富と繁栄を神に与えられたのだ。

だから、今度はこちらが代償を差し出さなければならない。

姿こそ見えないが、あの老人はそう言っているように思えた。


〝あなたはあなたの息子を神に捧げなければならない〟

そう記された契約書は礼拝堂の祭壇に祀られている。

きっとあの老人こそが、みろくさんの化身なのだという気がする。

嘉太郎氏の中には、ある種の諦観が生まれたようだ。

これまでの日々を振り返ってみれば、報いが来て然るべきと悟ったのだ。

事実、嘉太郎氏の長男は程なくして結核にかかり、あっけなく世を去った。

彼の亡骸の背には、人の手形のような形の火傷があったと記録されている。


ただ、嘉太郎氏はその事でみろくへの信仰を捨てようとは思わなかったようだ。

自らの子供の命より、一度手にした繁栄を失う事を恐れたのだ。

嘉太郎氏はますます怜悧狡猾な男となり、周囲の人々から畏怖されるようになったという。

手帳には、みろくさんを崇め信仰を捨てない事を遺命とする、と結ばれていた。


私は慄然として思わず手帳を取り落としそうになった。

この家で起こる代々の長男が死ぬという現象は、他ならぬ丑蔓家のかつての当主によって持ち込まれた信仰に起因している可能性が高い。

そして今、秘密を暴こうとした我々に災禍が降りかかっている。


〝みろくさん〟とは一体何なのか――。

手帳に目を通した私の頭に、旧約聖書のエピソードが思い出された。

〝イサクの燔祭〟――。

創世記の中でアブラハムは自分の息子イサクを神の命によって、生贄として捧げようとした。モリヤの山で子羊の代わりに、自分の愛する息子を手にかけようとしたのだ。

息子を祭壇に上げて喉元に刃物を突き立てようとした瞬間、神の使いが現れて儀式を止めた。

これは神がアブラハムの信仰を試したエピソードとも言われている。

なぜかこの話が想起されたのだ。


「あいつを、見つけに行きましょう」

清音が覚悟を決めたように言った。

私は黙って頷き返した。

「屠怫戸の場所を教えてもらえるかな？」

私は栄一に聞いた。

「僕も行きます」

栄一は自分も行くと言った。

だがそれは出来ない。

中学生とはいえ、未成年を危険な場所に連れて行く事は無理がある。

「それは危ないからだめだ。私と、このお姉さんで行ってくるから待っていてくれないか？」

私は栄一を諭すように言った。

「いえ、絶対に行きます」

彼は頑なだった。

「どうして？」

「納得出来ないからです」

外から稲光が差し込んで彼の顔を照らした。

「なぜお姉ちゃんやお父さんが死ななければいけなかったのか、なぜこの家で長男が死ぬのか……。長男である僕自身が一番納得出来ないんです」

確かに栄一の言う通りだった。

みろくさんの姿を見るようになってから一番怖い思いをしてきたのは彼自身のはずだ。

そして姉や親友を奪われた悔しさをずっと抱えて生きてきたはずだった。

それでもやはり、大人として彼を連れて行くわけにはいかない。

私は言葉を選んで説得しようとした。

「君が悔しい思いをし……」

「どんな事になるか分からないよ？　命が無くなるかもしれないけど、いい？」

突然、私の言葉を遮って清音が言った。

その言葉に栄一は力強く頷いた。

「種島さん、栄一君も連れて行きましょう」

「だめだ、危険過ぎる！」

「いずれにしても、このままだと僕は死ぬはずです！」

栄一が叫んだ。

彼の意思は固い。

止めようとしても無駄なことは、その目を見ればわかった。

それに屠怫戸の正確な位置が分からない以上、彼に案内してもらう必要があった。

未だにインターネットは繋がらないため、地図で探すことも出来ないでいた。

仕方なく、私も了承した。


「では準備しましょう」

清音はそう言うと仏間へと向かった。

そこには今回の祭祀のために使う道具が入った木箱があった。

中から紫色の布で丁寧に包まれたものを取り出した。

包みを解くと、それは木で出来た短い剣だった。

三鈷剣《さんこけん》に似たような形をしている。

ただ木の質感からしてかなり古い物のように思われた。

「これ、うちに古くから伝わる神具なんです。今回は使わないはずでしたが、持ってきておいて良かった」

「それ何ですか？」

「よほど厄介なものが出た時に、調伏するための神具です。御先祖の念が染み付いているんですよ」

「それでみろくさんを？」

「あれを祓えるかは分かりませんが、でもすごく強いです」

清音は木剣を顔の前にかざした。

「私もこれを使ったのは一回だけです……」

清音はその時の事を語った。

「古戦場跡の近くにマンションが建ってたんですが、そこで夜になると異様な声が聞こえたり、住民同士のトラブルが絶えなかったりということがありました。そこで私と北畑さんが呼ばれたんです。見たら合戦があった当時の敵同士が、絡み合ったままでいました。あがるように説得したのですが、逆に怒って私達の方に向かって来たんです。だから……」

清音は木剣をすっ、と縦に振った。

「これで切りました」

どうやら凄いものである事は分かった。

ただし、目的地へ行こうにも私の車は土砂崩れで失っていた。

「うちの車を使って下さい」

栄一は兼二さんが所有していた車の鍵の一つを渡してくれた。

それを持って駐車場に向かおうとした時――。

「どちらへ行かれるのですか？」

背後から誰かが呼び止めた。

声がした方を見ると、家政婦の古谷さんが廊下の暗がりから出てきた。

正直、私はこの人が苦手だった。

今日の昼間も祭祀の前に暴言を吐いていた。

「栄ちゃまを連れて、どこへ行くんです？」

古谷さんは私の目を見据えながら言った。

私は返答に窮してしまった。

他人の家の子供を勝手に連れ出すなど、後ろめたい事だ。

しかも事ここに至っては――。

「今は、旦那様も塔子お嬢様も亡くなられました……。それなのに栄ちゃまを連れて一体どちらへ行くのですか？」

「……」

「そもそも、こんな事になったのはどなたの所為なんでしょうねぇ……」

すると清音が言った。

「ねえ、お婆ちゃん。これ何に見える？」

先程の木剣をさっと古谷さんの前に突き出して行った。

「ヒイッ！」

刹那、小さな悲鳴をあげ家政婦は飛び退いた。

「お婆ちゃん、これは何ですか？」

清音は表情を変えずに古谷さんの方に詰め寄りながら言った。

「なんで家の中で火を焚いてるんだよぉぉ!!　燃えちまうだろぉぉぉ!!」

古谷さんは絶叫しながら転げるようにして、逃げて行った。

私は呆気にとられた。

何が起こったのかさっぱり分からない。

「清音さん、これは一体……」

「邪な者には、この剣は恐ろしいものに見えるんです」

清音は踵を返しながら言った。

「あのお婆ちゃん、とっくの昔にみろくさんに取り込まれてますね」

清音は傘もささず表に出て行く。

私と栄一も、彼女の後に続いて雨の中に飛び出していった。

受肉

三人で車に乗り込み、丑蔓家を後にする。

栄一が助手席に座り案内をしてくれた。

先程のような山崩れが、いつまた起こるか分からないので私は慎重に車を走らせた。


「この辺りです」

しばらく行った所で栄一が路肩を指差した。

確かに道路の横に駐車出来るスペースがある。

私はそこに車を止めた。

道路の両側は他の場所と変わらず木々に囲まれているので、ここから秘密の場所に行けるとは誰も気が付かないだろう。

「こっちです！」

栄一は躊躇なく茂みの中へと入って行く。

少し進むと、確かに獣道のような細い小径が森の奥へと続いていた。

水溜りがそこかしこに出来て、だいぶぬかるんでいる。

持ってきた小型の懐中電灯で足元を照らしながら歩く。

時折、稲光が枝葉の間を縫って差し込んだ。
この森の中の何処かから、あの恐ろしい咆哮を発した獣がこっちを窺っているような気がして不安が湧き上がる。

突然、私の足元の地面がぐらっと揺れた。
気のせいかと思ったら、地鳴りのような音が辺りから聞こえ出した。
次の瞬間、突き上げるような振動が足に伝わる。
地震だ。
後ろにいた清音が短い悲鳴をあげて私のシャツを掴んだ。
やがて、立っていられないような強い揺れが襲ってきた。
私は倒れないように、すぐ近くの木に掴まって必死で耐えた。
栄一も別の木の幹にしがみついている。
ひどく長い時間に思えたが、実際は三十秒ほどの揺れだったようだ。
ただ、かなり強い地震だった。
私が声をかけると、幸い二人とも無事だった。
「こんな時に地震か……」
この豪雨で地盤が緩んでいる。
屋敷の方でも土砂崩れなど起きていないか心配になった。

「時間が無い。行きましょう」

先を急ごうとした時、私の携帯電話の着信音が鳴った。

二人もぴたりと動きを止めて、私の胸ポケットに入った携帯を注視している。

私は携帯電話を取り出すと、画面を見た。

丑蔓家の固定電話の番号が表示されている。

私は違和感を覚えた。

先ほど屋敷を出た時も停電したままだったから電話は使えなかったはずだ。

携帯の電波も入らなかったのに。

変だな、と思いながらも私は電話に出た。


「……あのう、種島さんでしょうか?」

電話の向こうの声は、囁くような口調で聞いてきた。

「はい、種島ですが」

「先ほどは失礼を致しました。古谷です……」

出た時は分からなかったが、電話の主は家政婦の古谷さんだった。

一体何の用だろうか。

声をひそめるように喋っている。

「……どうされましたか？」

私は怪訝に思って聞いた。

「……良いお知らせです。塔子お嬢様が井戸からお出になりました」

私は彼女が何を言っているのか理解出来なかった。

塔子はすでに死んだはずだ。

井戸の底に落ちて水中に没してから、数時間が経過している。

それとも私達が屋敷を出た後、救助隊が来たのだろうか。

「……助けが来たのですか!?」

「いいえ、塔子お嬢様が自分で井戸の中から這い出して来られたのです」

そう言うと、古谷さんは電話口でくすくすと笑いを噛み殺しているようだった。

ますます意味が分からない。

もし塔子が蘇生したのだとしても、あの深い井戸を自力で上がって来られるはずがない。

「福音の通りになりました。やはり急には信じられませんか？」

「あの……、さっきから何をおっしゃってるんですか？」

私は聞き返した。

「みろくさんが受肉されたのです。塔子お嬢様のお身体に……。きっともうすぐ貴方がたのもとにも、姿をお見せになりますよ」

再び〝受肉〟という言葉を聞いた。

兼二さんも話していた事だ。

それが何を意味するのかは分からない。

電話口の古谷さんの背後から、誰かの悲鳴が小さく聞こえた。

「今の悲鳴は……!?」

私が聞くと古谷さんは嬉しそうに言った。

「この家の者たちの罪を清めているのです。私達は契約を違えたのですから……。皆が死んで悔い改めなければいけないのです」

再び男性のものと思しき絶叫と、激しく争うような物音が電話の向こうから聞こえた。

「一体、何をやってるんだ……？」

携帯電話を握る手が、自分でも気づかないうちに震えていた。

「みろくさんが裁きを下して、丑蔓家の人間はみんな死ぬ……。お前たちも死ぬ！　あはははははははははははははははははは!!」

壊れたように笑う古谷さんのすぐ後ろで、何かが倒れるような音がした。

「塔子お嬢様……」

そう言った直後、獣のような唸り声がしたかと思うと古谷さんの悲鳴が、スピーカーにびりびりと響いた。

しばらく苦痛に満ちた叫びをあげていたが、やがて全てが静かになった。

「……古谷さん!?」

呼びかけたが何の反応もない。

気がつくと通話はいつのまにか切れていた。

二人が心配そうに私の顔を見つめている。

「屋敷の方で何か起きています……」

思わず声が上ずった。

「私達が出た後、隙をついて屋敷の中にあいつが入り込んだかもしれないです……」

清音が言った。

顔が青ざめている。

すると今度は栄一が、突然ガクリと地面に膝をついて倒れた。

「どうした!?」

慌てて抱き起こすと、苦しそうに顔を歪めて胸を押さえている。

「熱い……」

栄一は来ていたTシャツを捲り上げた。

「これは……」

私は目を見張った。

露出した彼の左胸の皮膚が赤く焼け爛れている。

急に焼け石でも押し付けられたように、熱くなったという。

周りを見渡しても火傷するような原因は見当たらない。

「これはあいつが付けた火傷です……」

清音が栄一の胸に触れながら言った。

「どういう事ですか？」

「悪い霊は、こうやって人の身体や物に〝じるし〟を現す事があるんです。これはみろくさんが付けたものです……」

私は取材したメモを思い出した。

丑蔓家の長男が死亡した時、直接の死因とは別に、遺体は原因不明の火傷を負っていた。

これは全てのケースに共通している。

「じゃあ、栄一君は……」

火傷はみるみるうちに人の手形のような形に広がっていく。

栄一は苦しそうに呻いた。

清音は火傷に手を当ててマントラのような言葉を唱えた。

「これでしばらくは大丈夫」

その言葉通り、栄一は少し楽になったようだった。

清音は何かを察知したように、辺りを見回した。

「急ぎましょう、屠怫戸へ！　あいつが来ます」

「立てるか？」

栄一が頷いたので肩を貸して起こした。

「このまま森の中に身を隠して、遠くに逃げるというのは？」

私はふと浮かんだ考えを言った。

「いいえ、あいつは栄一君が生きている限りどこまでも追いかけて来ます。だから正体を突き止めるしかない……」

私の中の不安は膨らんでいったが、やはり行くしかないようだった。

「この先です……」

栄一は道の先を指差した。

目的地はもう目の前だという。


ぬかるんだ地面に足を取られながら進んで行くと、突然開けた場所に出た。

雨にけぶる中に十字に交差する道と、その辻に佇む大きな蔵を見下ろす事が出来た。

栄一が話してくれた通りの異様な空間が広がっている。

本当に存在したのだ。

十蔵氏の手帳から読み取る限り、丑蔓家の聖域と言ってもいいだろう。

「ここが屠怫戸です……」

栄一が言った。

「行きましょう」

清音が先頭に立って敷地内の道を行く。

見渡すと、かなり広い土地だ。
手帳によると、丑蔓嘉太郎氏はかなりの資金を費やしてここを作ったという。
私達三人は敷地のほぼ中央に建つ、蔵の前に立った。
丑蔓家が長い年月の間、夏至と冬至の日に特殊な祭祀を行っていた場所。
そして栄一と姉の塔子がみろくさんに遭遇した場所。
蔵の扉には頑丈そうな鍵がかけられていた。
「ここの鍵です……。おじいちゃんの部屋から持って来ました」
栄一はポケットから鍵束を取り出して私の前に差し出した。

塔子

私は栄一から受け取った鍵束の中の一つを彼の指示に従って大きな錠前に差し込んだ。
解錠した後、重い扉をゆっくりと開いた。
内側の引き戸に付いた窓から中を覗く。
蔵の内部は灯りひとつ無く、外よりも濃い闇が立ち込めているような気がした。
引き戸には鍵がかかっていなかったので、手をかけて慎重に開けた。
中からごおっと空気が漏れ出す。
長い間閉ざされていた空間の、独特の匂いが鼻をついた。
懐中電灯で中を照らすと、古びた箪笥や棚が壁際に置かれていた。
一番奥に、二階へと続く階段が見える。
「四年前に姉と来た時と、変わってないです」
栄一が小声で言った。
その手が小さく震えている。
四年前、ここで彼と姉の塔子は恐ろしいものを見たのだ。
「すごく瘴気が濃いです。間違いなくここですね」
清音が中に足を踏み入れたので、私と栄一も続いた。

古い木の床が、足を踏み出す度にぎいぎいと軋む。

私には霊感などないが、異様な圧迫感が階段の方から漂っている気がした。

「二階へ上がりましょう。何が祀られているのか見れば、あいつの正体が分かるはず……」

清音が階段へ近づこうとした時――。


おおおおおおおおおぉぉぉぉぉぉぉぉぉぉん

大気を振動させるような咆哮が聞こえてきた。

あの獣がまた現れた。

声のした方を振り返った瞬間、地面が跳ね上がるような振動を感じた。

再び地震が発生したのだ。

私は立っていられず床に倒れ込んだ。

四つん這いになり、床にしがみつくように揺れが収まるのを待つ。

強い揺れだったが、今度の地震もすぐに止まった。

周囲の安全を確かめてから、おもむろに立ち上がったが足元に違和感を感じた。

地震は収まったのに大地が蠢いているような感覚を覚えた。

清音も床を見回している。

やがて床板の継ぎ目から水が染み出してきた。

最初は自分の目を疑ったが、床一面に水が広がっていく。

「液状化だ……！」

私は思わず叫んだ。

大雨が降り続き、地下水位が上がっていたのだろう。そこに強い地震が立て続けに来た。だから砂や土と水分が分離して液状化現象が起きたのだ。

どのくらいの規模かは分からないが、非常に危険な状況だ。

先刻の土砂崩れといい、この辺はもともと地盤がゆるいのかもしれない。

それともこの現象すらも、みろくさんが引き起こしているとでもいうのか。

海岸に波が打ち寄せるような音が響き、黒い泥を含んだ水が床の継ぎ目からぶくぶくと溢れてくる。

もはや建物自体が水に浮いているような感覚だ。

あちこちから壁や柱がめきめきと軋む音が聞こえる。

下手をすると、倒壊しかねない。

しかし三人とも波打つ地面に足を取られて動けずにいた。

やがて階段近くの床の一部が下から盛り上がってきた。

床板が圧力に耐え切れず、ばきっと音を立ててへし折れた。

次の瞬間、床の下から爆発的に噴出した泥水と砂礫が顔に打ち付けた。

巨大な泉のように、泥と砂が湧き上がってくる。

いわゆる噴砂現象が起きたのだ。

水分を含んだ重たい流砂が押し寄せて、足元をすくわれた。

私はあえなく泥の流れの中に倒れ込んだ。

口の中に泥が入り込んだので、必死で吐き出した。

その間にも、床に開いた穴から砂がどんどん湧き出してくる。

このままだとまずい。

とにかくこの蔵から出なければ——。


栄一の方を見ると、砂に埋もれないように柱に手をついて何とかバランスを取っている。

だが清音の姿が見えない。

私は慌てて懐中電灯であたりを照らしてみた。

いた。彼女の衣服の一部が水面から出ている。

必死で泥を掻き分けて、清音の上半身を引き起こした。

彼女は気絶していた。

側頭部から血が滴っている。

多分さっき噴砂現象が起きた時、吹き出した石か何かが当たったのだろう。

「清音さん！　清音さん、大丈夫ですか⁉」

私は彼女の名を呼びながら、頬を叩いた。

だがぐったりとして反応がない。


その時、背後で引き戸が開かれる音が聞こえた。

反射的に振り返ったものの誰の姿もない。

だが、何かの気配がする。

微かに空気が振動するのを感じた。

懐中電灯で周りを照らしたが、やはり何もいなかった。

と、首筋に何か濡れたものがぺたりと触れ、思わず首をすくめる。

ゆっくりとそちらに目をやると、天井から何かが垂れ下がっていた。

目を凝らすと同時に、皮膚が粟立つのを感じた。

それは——人間の髪の毛だった。

ゆっくりと懐中電灯の光と視線を、天井の方に移動させた。

私の横で栄一がひっ、と小さく悲鳴をあげた。


天井には塔子がいた。

天井に格子状に掛けられた梁に蜘蛛のように張り付いて頭だけを反らして私を見ている。

彼女の長い黒髪が水分を含んで垂直に垂れていた。

全身が泥と血液で汚れている。

私を見つめる顔は全く血の気がなく蒼白だ。

ただ、それとは対照的に口の周りは赤黒い血に塗れていた。

私は思考が止まり、塔子から視線を外せなかった。

「お姉ちゃん、どうして……」

栄一の呼びかけにも反応を見せず、塔子はぐるるっと獣のように喉を鳴らしたかと思うと鼓膜を突き破るような金切り声を上げて私に飛びかかってきた。

女とは思えないほどの凄まじい力で、私を水中に引き倒す。

私も必死で塔子の両腕を掴んではね返そうとするが、びくともしない。

泥水が鼻と口から流入して息が出来ない。

私は何とか空気を吸おうともがいた。

一瞬、右足が自由になったので塔子を思い切り蹴飛ばした。

水面から顔を出して、空気を胸いっぱいに吸い込んだ。

だが、再び塔子は襲いかかって来る。

私が突き出した右腕を掴むと、大きく口を開けて噛み付いた。

服の上から皮膚が食い破られ、血が噴き出した。

私はたまらず悲鳴をあげた。

塔子は容赦なく私の前腕の肉を食い千切ると、再び天井の梁に飛び上がった。

くちゃくちゃと肉を咀嚼するような音が聞こえる。

私は必死に逃れようと泥の中を這った。

だが塔子は再び金切り声を上げて襲ってきた。

塔子に掴まれた瞬間、目の前の水中から誰かが立ち上がった。


清音だった。

経文のような言葉を短く唱えて、木剣の切っ先を塔子に当てた。

瞬間、塔子は勢いよく後方へと吹っ飛んだ。

閉まりかかっていた引き戸をぶち破りながら屋外まで転がっていき、やがて泥の中に沈んだ。


「お姉ちゃん！」

栄一が外の闇に向かって叫んだ。

「塔子さんは、あいつに完全に身体を取られていました……」

清音が付いた泥を払うように木剣を一振りする。

ふと見ると、湧き上がっていた噴砂はいつのまにか治っていた。

祭壇

気がつくと激しく降り続いていた雨が止んでいる。
私達は蔵の二階へと続く階段を上っていた。
二階にはみろくさんを祀った祭壇があるという。
だからその正体を見定めなければならない。

真っ暗な階段を上りきると、がらんとした空間が広がっていた。
床には独特の模様が入った絨毯が敷かれている。
丑蔓家の歴代の当主達はここに平伏して神に祈りを捧げたのだろうか。
階段から反対側の一番奥に、確かに祭壇が祀られていた。
目の前まで近づいて懐中電灯で照らした。

祭壇の中央にあったのはあまりにも奇異な物だった。
おそらく御神体にあたるものだろう。
それは一体の仏像だった。
木で出来ているようだが表面が黒ずんでいる。

体には衲衣《のうえ》を纏って座禅を組むように座っているが、異様なのは首から上だ。
頭が牛だった。
こんな仏像は見たことがない。

まるでギリシャ神話に出てくるミノタウルスだ。
これが〝みろくさん〟と呼ばれる存在なのか。
名状しがたい空気を纏っていて、清音も口を押さえながら見つめている。
「悪魔みたい……」
彼女がそう呟いた瞬間、ある考えが浮かんだ。
そもそもこれは神仏とは対極の存在なのではないか。
仏像の持つ神々しさとは真逆の禍々しさ。
確かに悪魔のイメージは頭部が山羊であったりする。
だったらこいつは――。

私は自分の携帯電話を取り出した。
幸いにもバッテリーの残量はまだ幾分残っていた。
私は携帯の中に仕事用で電子書籍や資料などをたくさん入れてあった。
これはオフラインでも閲覧出来る。

悪魔に関する書籍を開いてページを素早く捲っていくと、ある項で手が止まった。

「あった、これだ」

そのページには図版があり、牛の頭部を持つ巨大な神が描かれていた。


〝Moloch（モロク神）〟と表記されている。


図版の半人半獣の姿をした神と、祭壇に祀られた仏像はどこか似ている気がする。

モロク神は悪魔の一種とされているが、古代の中東では神として信仰の対象となっていたようだ。

古代のヨルダン東部で豊作や富を司る神として人々に祀られていたとある。

しかし恐ろしいのは人身供犠が行われていた事だ。

モロクへの捧げものとして、人間の新生児が生きたまま釜の中で焼かれたと記述されている。

モロクを信仰する人々は、我が子を生贄にしていた可能性がある。

今の感覚からすると、邪教と言っていいだろう。


もし丑蔓家の長男がみろくさんへの捧げものだと仮定するなら、モロク信仰と不気味な一致をみる。

もちろん何の裏付けもない私の憶測に過ぎない。

だが偶然にしては符合する点が多い気がする。
「だとしたら、こいつは時空を超えて丑蔓家に取り憑いたのかもしれませんね……」
清音が言った。

かつて丑蔓嘉太郎氏が江戸末期に出会った背の高い老人は、モロク信仰を布教するために暗い海から現れたのだろうか。
モロクはモレクとも呼ばれるようだが、旧約聖書にもその記述が散見される。

【自分の子どもを一人でも、火の中を通らせてモレクに渡してはならない。あなたの神の名を汚してはならない。わたしは主である】

【当時ソロモンはモアブの忌むべきケモシュのためにエルサレムの東にある山の上に高き所を築いた。アンモン人の忌むべきモレクのためにもそうした。彼は異国人であるすべての妻のためにも同じようにしたので、彼女たちは自分の神々に香をたき、いけにえを献げた】

【彼はベン・ヒノムの谷にあるトフェトを汚し、だれも自分の息子や娘に火の中を通らせてモレクに献げることのないようにした】

創世記に記されたイサクの燔祭では、直前で生贄は差し止められた。

それは、このモロク信仰に対する批判と解釈される事もあるようだ。

ただ、なぜ古代の偶像に過ぎないものが現代の丑蔓家に影響を与えるのか。

「長い年月を超えて多くの人に崇められた神や、唱えられた呪文は偶像でも力を持つ事があると聞いた事があります」

私が質問すると、清音はみろくさんの像の方を見ながら言った。

「終わりにしましょう……。確かこの祭壇の何処かに、あいつとの契約書があると言ってましたね」

「十蔵氏の手帳にあった話が事実なら、そういう事になります」

私が言い終える前に清音は祭壇に近づいた。

「なら、それを破り捨てれば終わりです」

祭壇にはいくつかの引出しが付いていた。

仏像の、ちょうど足下にある引出しには鍵穴が空いている。

もしかすると、そこに嘉太郎氏と老人が取り交わした契約書が納められているのかもしれない。

先ほど栄一から受け取った鍵束を取り出して清音に渡した。

どれが引出しの鍵なのかは分からない。

慎重に一つずつ試していった。

私は懐中電灯で彼女の手元を照らした。

中々該当するものが無く、焦りが募る。

だが、やがて小さな鍵を差し込んだ時に手ごたえがあった。

がちゃり、と音を立てて鍵が開く。

静かに引出しを開けると茶色く変色した一枚の紙が入っていた。

見たところ羊皮紙のようだが、だいぶ傷んでいる。

清音がそれを中から取り出した。

紙面にはカリグラフィーのように整然と文字が敷き詰められているが、見たことのない文字だった。

「これですね……。呪物と言っていい物です」

清音が両手でそれを持った時、突然建物全体を強い衝撃が襲った。

がくん、と立っている床が傾いだのだ。

その拍子に羊皮紙が清音の手を離れ、宙に投げ出された。

「あっ」

ひらひらと落ちてくる契約書を掴もうと手を伸ばしたが、どんどん床の傾きがきつくなっていくので自分の体を支えるので精一杯になった。

完全に油断していた。

液状化が進行していたのだ。

雨が止んだとしても、すでに土壌が大量の水分を含んでいるので液状化自体は収まっていなかった。

階下から、ずぶずぶと泥が侵入してくる音が聞こえた。

下手をすると蔵自体が土中に沈みかねない。


私は咄嗟に周囲を見渡した。

南側の壁に窓があった。

急いで駆け寄ると内側からの鍵を開けて、窓を押し開いた。

振り向くと、清音が滑り落ちそうになっていた栄一を何とか支えていた。

私は手を伸ばすと、二人を窓際に引き寄せた。

いずれ蔵が横倒しになるのは時間の問題に思えた。

タイミングを合わせてこの窓から脱出するしかない。


窓から外を見ると、周囲は渦を巻くように泥が流動している。

まるでこの蔵自体が蟻地獄に飲み込まれたように見えた。

どおっと音を立てて泥と水が一階部分に一気に流れ込んできたようだ。

下に降りることはもう出来ない。

建物がすっかり斜めになったところで、私は窓から外に出た。
見ると一階部分はもう土中に沈み込んでいた。
蔵の内部から漏れた空気が水中からごぼごぼと湧き上がっている。
窓枠に掴まっていた栄一と清音を外に引っ張り出した。
傾いた外壁に腰を下ろし、滑り落ちないように窓枠に掴まった。

雨は止んだものの夜明けまではまだ時間があるため、辺りは真っ暗だ。
周りが全て流砂になっているので逃げるのは難しい。
これ以上、建物が沈まないのを祈るしかなかった。

死穢

夜の湖のほとりに立っているような細波《さざなみ》の音だけが辺りに響いている。

今や屠怫戸の全体が、一つの巨大な流砂となって、ゆっくりと渦巻いているように感じられた。

私達三人が身を寄せ合っているこの蔵はその渦の中心にあって、この瞬間も少しずつ泥の中に沈み込んでいる。

夜明けが来るのが早いか、蔵ごと土中に没するのが早いか、その瀬戸際だった。

じわじわと死の足音が近づいてきて、あちらの世界に連れて行かれそうな気がする。

だが、ヘリコプターのプロペラが大気を震わす音が聞こえた瞬間、現実に引き戻された。


村の上空を何機かのヘリが飛んでいる。

空は真っ暗で見えないが、近くにも音がする。

ここだけでなく、広範囲で冠水や山崩れが起きた可能性もある。

それで救助が来たのかもしれない。

私は懐中電灯を取り出すと、上空に向けて光を放った。

こちらに気が付いてくれれば救助してくれるかもしれない。

懐中電灯を厚い雲で覆われた空に向かって点滅させる。

栄一と清音も祈るように空を見ていた。


だが蔵の周囲で異変が起きた。

泥の中から尋常でない程の量の泡がぶくぶくと湧き上がり始めた。

「変な気配がします」

清音が鋭い目で周りを見渡していた。

近くの泥から突然何かが突き出した。

私は懐中電灯でその部分を照らした。


それは人間の手だった。

黒い泥に塗れた指がゆっくりと蠢いている。

腕に続いて頭部がごぼり、と浮上した。

男だか女だか分からない皺くちゃの顔がこちらをじっと見ている。

「こっちにもいる！」

栄一が反対側の水面を指差した。

十代くらいの男の子と思しき顔が浮上し、両手で泥を掻きながらこちらに近づいてくる。

そこかしこの水面から人が湧いて出ている。

男性、女性、子供、老人――。

蔵を取り囲むように次々と出てくる。

皆一様にこちらを見ている。

ただその両目に眼球は無く、洞穴のように真っ黒だった。

おおおおぉぉぉぉぉ

人々は虚ろに開いた口から苦しそうな呻き声をあげている。

やがて、もがくように泥を掻き分けながらゆっくりと蔵に迫ってきた。


「……この人達は、みろくさんによって命を奪われた人々です。死んだ後も魂をみろくさんに囚われたまま苦しんでる」

清音が言った。

声に憐れみが滲んでいる。

泥に塗れた人々は、老若男女入り乱れている。

「みろくさんに取り殺されたのは、長男だけではないと言うことですか？」

「そうです。これは過去の丑蔓家に纏わる人々です。かつて私達と同じように、みろくさんの呪縛から逃れようとして抗ったり巻き込まれたりして死んだ人達のようです。今では反対に奴に取り込まれていますが……」

話している間にも死者達はじわりじわりと蔵に寄ってくる。

やがて枯れ枝のように痩せた老婆が蔵に手をかけた。

そのまま緩慢な動きで壁を這い上がってくる。

背後からも死に装束を着た男子が啜り泣きながら泥から上がってきた。

完全に囲まれてしまった。


「栄一君を見ています。私達から取り戻そうとしてます」

「じゃあ、どうすれば⁉」

清音は木剣を構えた。

「私の手が回らなくなったら、種島さんは自分の事は自分で何とかしてください！」

どうやら実力行使しかないらしい。

先ほど塔子に噛まれた傷がずきずきと痛んだが、私は立ち上がって身構えた。

老婆が身を起こして栄一に手を伸ばそうとした。

清音は素早く間に割って入り、経を唱えながら木剣の先端で突いた。

目に見えない衝撃に弾かれたように、老婆は泥の中に転げ落ちた。

清音は間髪入れずに木剣を振るい、背後にいた泥まみれの男の子を吹き飛ばした。

現実とは思えないような光景に目を奪われていると、誰かが私の背中に覆いかぶさってきた。
肩のところに禿頭の老人の顔があった。

おおおおぉぉぉぉぉ

老人は苦しそうに呻きながらのし掛かってくる。
私は悲鳴をあげながら老人を振り払おうとした。
しかし異様に力が強く引き剥がせない。
私の首筋に老人の腕が絡み付いた。
どろっとした厭なぬめり。
体温は全く感じられない。
そして鼻をつく腐臭。
まるで土葬にした腐りかけの遺体を、墓場から掘り起こしてきたようだ。
老人のぬるぬるした腕が私の首を締め上げる。
意識が飛びそうになった瞬間、突然老人が横に吹き飛んでいった。
気がつくと清音が木剣を構えていた。
「種島さん大丈夫ですか!?」

私は咳き込みながら頷いた。

彼女が助けてくれなかったら泥に引きずり込まれていただろう。


すでにかなりの数の亡者を撃退したようだ。

清音は肩で息をしていて、大粒の汗が額に浮かんでいる。

しかし、蔵の周囲から聞こえてくる醜悪な呻き声はさらにその数を増しているように感じられた。

次々と泥の中から浮かび上がって来ては、蔵に這い上がってくる。これではきりがない。


「タケオ……」

ふいに栄一が呟いた。

驚いて、目を見開いている。

栄一の視線の先を追うと、小学校高学年くらいの男の子が泥から上がってこようとしていた。


「タケオ!!」

栄一が亡者の方に駆け出したので、私は慌てて後を追った。

「待て！　駄目だ!!」

すんでのところで彼の腕を捕まえた。

「何してるんだ！　あれは君を狙っているんだぞ！」

「タケオは友達なんです！　みろくさんに殺された！」

私はすぐに理解した。

足元で苦しそうにもがいている亡者は、かつての栄一の数少ない友人だったタケオだという。

屋敷で彼から経緯を聞いた時に、話に出てきた少年だ。

タケオは両目に空いた穴から涙を流していた。

「栄一、覚えてたかおれのこと……」

驚いて振り返るとタケオは立ち上がっていた。

この死者は口がきけるようだ。

「タケオどうしてここに？」

「全部お前のせいだ……。兄ちゃんが死んだのも、おれが死んだのも、父さんや母さんが死んだのも。全部お前のせいなんだ」

「タケオ……」

栄一は顔を曇らせた。

友人からの糾弾に罪悪感を抱いたのかもしれない。

「ものすごく苦しいんだ、死んだ後の世界は。おれがこんな事になったのも、お前達がみろくさんに逆らったからだ。だから栄一、お前も早くこっちへ来いよ……。今からでも遅くないから、みろくさんの所に一緒に行こう」

泣いていたタケオの顔に歪んだ嗤いが浮かんだ。

栄一の目から涙がこぼれ落ちた。

「さあ、早く行こう……」

タケオはゆっくりと栄一に手を伸ばした。

「いけない！」

清音が背後から駆け寄って来て、木剣を横に振ってタケオを切った。

「タケオ」

タケオの体は泥のように崩れ始めた。

「あはははは！　栄一、おれはお前を待ってるからな？」

鼻から上が崩れ落ちて口だけになってもタケオは呪詛を吐いていたが、やがて全て崩れて無くなった。

「あれは、タケオ君なんかじゃない……。人の形をした魔物です」

清音は背を向けたまま告げた。

栄一は泣き崩れていた。

「でも、おれと仲良くなったからタケオは死んだ……」

清音は首を振った。

「悪いのはみろくさんという魔物です。あれに騙されたり、同情したりするのは駄目です。さあ、早く立って！」

栄一は鼻をすすりながら立ち上がった。
周りを見回すと状況は悪化していた。
次々と湧き出して来る亡者達に完全に包囲されている。
丑蔓家の歴史に長い間堆積していた死穢が噴き出してきたようだ。
亡者達の重みで、いよいよ蔵は沈もうとしていた。

暁光

亡者の群れが折り重なるように犇めき、私達の周りを取り囲んでいた。

私達三人は背中を合わせて立ち、死者達と睨み合っている。

腐敗臭と亡者の発する呻きや嗚咽があたりに満ち、油断したら気を失いそうなほどだった。

清音の構える木剣の発する力によって死者の群れは踏み込めないでいるようだ。

だが、清音はすでに満身創痍だった。

先ほどまで死者達と争っていた時に負った傷から血が吹き出し、彼女の着ているシャツに赤い染みが広がっていく。

おそらく亡者に組み付かれた時に、爪や歯を立てられたのかもしれない。

顔が白く、血の気が引いている。

もし清音が倒れたら、一気に亡者達が殺到して我々はずたずたにされてしまうだろう。

もう打つ手がなかった。

先ほど聞こえたヘリコプターの飛行音は遠ざかって消えてしまった。

助けが来る可能性は極めて低い。


気がつくと清音の手が小刻みに震えていた。

出血のために体温が下がっているのかもしれない。
すぐに手当てをしたいがこの状況では動けそうにない。
私自身の怪我の出血もひどかった。
時々、視界がぼやける。
必死で足を踏ん張った。

いきなり清音ががくん、と膝をついた。
限界が来たのだ。
亡者達が勢いを増してにじり寄ってくる。
清音は木剣をついて何とか身体を支えている。
私は半ば諦めかけて目を閉じた。
いつ襲いかかられてもおかしくない。

その時、まぶた越しに白い光が射し込み、私はうっすらと目を開けた。
日の出だった。
空は薄く曇っている。
だが山の間から確かに太陽の光が差し込んできた。

蠢いていた亡者達に変化が起こった。
苦悶の表情が消えて、静かにこうべを垂れている。
どぼん、と何かが水に落ちる音が聞こえた。
後ろにいた亡者が泥の中にずり落ちたのだ。
皆一様に操り人形の糸が切れたように、力なくへたばった。
蔵の壁の傾斜を滑りながら次々と泥の中に沈んでいった。
「こいつら、日の光がよほど苦手みたい……」
清音がよろよろと立ち上がりながら言った。
やがて亡者達は一人残らず土中に還っていった。

私は緊張から解放されて、倒れ込みそうになった。
どうやら切り抜けたらしい。
栄一の方を見やると青ざめていたが、無事だった。
ヘリコプターの力強い飛行音がこちらに近づいてくるのに気がついた。
明るくなったので、こちらの存在が確認出来たのかもしれない。
周りを見ると蔵はほとんど流砂に没しかけている。
三人で突き出した屋根の部分に腰を下ろした。

薄く曇った空に、自衛隊のものと思われるヘリコプターが姿を現した。

最初は小さな点だったが、だんだんとこちらに向かって来るのが分かった。

三人でヘリに向かって手を振る。

ヘリコプターはライトを点滅させてこちらに合図を送った。

そのまま蔵の上空まで接近した。

台風や大雨で堤防が決壊した時に、こうして自衛隊が救助に当たっているのをテレビで見た事がある。

激しい濁流に囲まれて家や電柱から動けなくなった人を隊員が降下して、引き上げてくれる場面だ。まさか自分がそれを体験することになろうとは……。

私は立ち上がってヘリコプターに向かって大きく手を振った。

ヘリコプターから吹き降ろされる強い風で、蔵の周りの水面に波紋が広がった。

ヘリコプターの方を見上げていると急に叫び声が上がった。

驚いて振り返ると、悲鳴をあげたのは栄一だった。

見ると彼の足首を白いごつごつした手が掴んでいる。

その異様に長い腕は泥の中から伸びていた。

亡者達の生き残りがまだいたのかもしれない。
掴まれた足首が恐ろしい勢いで引っ張られ、栄一は前のめりに倒れた。
蔵の壁に爪を立てて抗おうとするが、ぐいぐいと泥の方に引っ張られていく。
「助けて！」
私は無我夢中で栄一に飛びつくと彼の両腕を掴んだ。
力一杯引っ張り上げようとしたが、とんでもない力が泥の中に引き込もうとする。
足が水面に着きそうになった時、清音が駆け寄ってきて木剣で手の甲を突き刺した。
栄一の足首を掴んでいた手が急に放したので、私は反動で後ろに倒れ込んだ。
すると、泥の中からもう一方の腕も突き出された。
両手で蔵の壁に掴まると、今度は頭が現れた。
痩せた老人の顔だった。
なぜか全く泥にまみれていない。
異常に皮膚が白く、それと対照的な暗い双眸が私達をじっと見ていた。
栄一の顔が凍りついている。
その唇が震えながら言った。
「……みろくさん」

老人の口元が僅かに吊り上がると、両腕が栄一に向かって伸びた。
再び清音が木剣を腕に突き立てようとしたが、反対に剣先を掴まれた。
剣はそのまま音を立ててへし折られた。
衝撃で清音が宙に舞う。

みろくさんの片手が栄一を捕らえて、そのままずるずると自分の方へ引き寄せた。
私は必死に栄一のシャツの袖を掴んだが泥で指先が滑り、放してしまった。
「助けて！」
栄一が叫びながら引き摺られていく。
私はその光景をスローモーションのように見ながら転倒した。
何もかも無駄――。
そんな考えが頭をかすめた、刹那。

「栄一」

誰かが彼の名を呼んだ。
優しげな女性の声。
――塔子だった。

塔子が泥の中から現れた。

塔子はみろくさんに後ろから抱きつくと羽交い締めにして、みろくさんを泥の中に引き戻そうとする。

「お姉ちゃん！」

みろくさんから逃れた栄一が叫んだ。

怒りの形相を浮かべてもがく老人と共に、塔子は泥の中に沈んでいく。

私は泥の中に飛び込もうとする栄一を引き止めるので精一杯だった。

清音が肩を押さえながら立ち上がり、歩み寄ってくる。

ヘリコプターから自衛隊員が強いダウンウォッシュの中、ロープに吊り下がって降下してくるのが見えた。

宿痾

その後私達は一人ずつ救助用ヘリに引き上げられていった。

気を失った栄一が先に救助され、次に清音が行き、最後に私が隊員に抱えられて上がる時には、蔵は完全に泥の渦の中に飲み込まれていった。


ヘリコプターの窓から見下ろすと目を疑う光景が広がっていた。

丑蔓家の屋敷があった場所が茶色い土砂で覆われていた。

自衛隊員の説明によると、深夜に山津波が発生して屋敷の周辺を襲ったのだそうだ。

残念ながら、生存者はまだ確認されていないという。

栄一は先ほどのショックで気を失っていたが、今はまだ何も知らずに眠っていて欲しかった。

命に別状は無かったが、三人ともそのまま病院に搬送された。


平地の方も大変な事になっていた。

村を横断する川が溢れて、多くの家の一階部分が浸水した。

今回の記録的な大雨によって昨夜遅く、県知事が自衛隊の災害派遣を要請した。

いくつものゴムボートが家々の間を動いているのが見えた。

救助してくれた若い隊員に聞いてみたが、あの蔵の周りには我々三人以外の人影は見当たらなかったという。

塔子や老人は跡形もなく消えていた。

「塔子さんが、あいつを連れて行ってくれたのかも……」

私のすぐ横にいた清音が言った。

毛布に包まり、シートに身を預けている。

「塔子さんの身体はみろくさんに取られていたけど、どこかに彼女の心が残ってたんだと思います」

私は包帯が巻かれた自分の腕を見た。

痛みは少し引いていたが、この怪我が昨夜あった事が現実であるのを教えてくれた。

「あのみろくさんという化物は結局何だったのでしょうか……」

私は清音に聞いた。

「それはよく分かりません。でも神様の気配に近いものを感じました」

「丑蔓嘉太郎が昔出会ったのは、まさか本当に遠く離れた中東から来た古代の神だったとか？それにしても自分の子供を生贄に求める異教の神なんて、どうして何代にも渡って祀り続けたのか全然理解出来ませんね」

「いいえ、遠い異国の宗教だけじゃないですよ。生贄を捧げていたのは」

「どういう事ですか？」

「この日本はずっと昔から神様に贄を差し出していたんです。川が氾濫した時なんかに子供を神様への生贄として捧げていましたし、飢饉が起きた時には口減らしで親が子供を間引いていました。現代でも親が子供を虐待死させたり……。そういう念を長い年月をかけて吸い取り続けて、あのみろくさんという化物になったのかもしれないです」

彼女は目を瞑りながらそう言った。

ヘリコプターは飛び続け、やがて病院へと降り立った。

私達三人は担架に乗せられると、それぞれ別の場所に運ばれていく。

長い夜が終わり、ひどく疲れていた私はいつのまにか眠りに落ちていった。

次に目を覚ました時には翌日の昼になっていた。

丸一日、泥のように眠っていたのだ。

私の腕の怪我には治療が施されていた。

自分では分からなかったが、私は肋骨を骨折していたようだ。

多分、みろくさんに襲われた時に負ったものだろう。

アドレナリンが出ていたためか、全く気がつかなかった。

一週間ほどは入院が必要との事だった。

看護師さんに他の二人の様子を尋ねると、栄一はすでに意識を取り戻し食事も取っているという。

病室に設置されたテレビには冠水被害を伝えるニュースが流れていた。

県内の多くの地域で停電や土砂災害が発生したらしく、レポーターが現場の惨状を伝えている。

身体の怪我は大した事はないようだが、心の傷の方が心配だった。

清音は大怪我を負っていたが、命に別状はないという。

数日すると、病院の廊下で車椅子に乗った彼女と再会した。

ことの外元気そうにしていたので私は安心した。

彼女の母親が四国から駆けつけていたらしく、車椅子を押していた。

彼女は退院すると家族と共に四国にある故郷へと帰っていった。

北畑さんの遺体は自衛隊の捜索によって土中から掘り起こされた。

一族だけの密葬が執り行われると清音から聞いた。

土石流に飲まれた丑蔓家の屋敷も数日間に渡って救出作業が行われたが生存者はいなかった。

見つかった遺体の多くは、土石流が発生する前に死亡していた可能性があると報道された。

互いに争った形跡があったという。

これは今回の災害の謎の一つとされた。

勿論私には心当たりがあったが、警察から聴取を受けた時には言わなかった。

言っても信じては貰えなかっただろう。


栄一は、今回の事件に関わっていなかった遠戚に引き取られる事になった。

屋敷や多くの人命は失われたが、彼には残された財産があった。

胸に浮かんだ謎の火傷はやがて恢復し、跡形も無く消えてしまったと後から栄一本人が教えてくれた。

みろくさんの呪縛から逃れたのだろうか。


病室に着替えの衣類などを携え妻が現れた時には、思わず安堵のため息をついた。

これ以来、妻からは心霊絡みの取材は絶対にやらないようにと釘を刺された。

私としても、こういった世界からはもう距離を置こうと思った。

私が取材で首を突っ込んだ事がもとで、多くの人の命が奪われた。

その、せめてもの戒めでもあった。


一週間ほど入院した後、私は妻と共に東京へと帰った。

一年後：夏至

あの事件が起きてから一年ほどが過ぎた。

丑蔓本家はあの災害で一夜にして滅びてしまったが、その長子である栄一は今も無事である。

来年は高校受験を控えているので、勉学に打ち込んでいると聞いた。

勿論、家族を失った痛みはすぐに消えるものではないだろうが、それでも前に進もうとしている。

あの夜以来、彼の周りで怪異が起こる事はなくなったという。


私は四国にある北畑さんの墓参りにも訪れた。

清音を始めとした北畑の一族の人々にも挨拶をした。

清音は北畑さんの後を継ぎ、霊媒として活動していた。

霊障に悩む人々のために、四国を中心に各地を飛び回っているという事だった。

彼女は一年前に会った時よりも、強い存在感を放っていた。

私は北畑さんの死に対して後ろめたさがあったから、彼女の活躍には勇気付けられた。

私自身も仕事の文筆業が軌道に乗り、新たな固定客を開拓する事が出来た。

成功しているほうだと言えるだろう。
私と妻との間には六歳になる息子が一人いる。
名前は啓斗という。
子供の成長は早いもので、啓斗は来年から小学生になる。
彼の存在が私の仕事のモチベーションでもあった。

そして、ちょうどその年の夏至の日にそれは起こった。
私は打ち合わせのため、自宅から割と近い取引先のオフィスを訪れていた。
その日は午前中から曇っていて少し肌寒かった。
打ち合わせが終わると私は取引先のビルを出た。
空を見上げると今にも雨粒が落ちてきそうだった。

私が最寄駅まで歩いている途中で、急に携帯電話に着信があった。
画面には自宅の固定電話の番号が表示されている。
最初、妻からの電話かと思ったが、それはおかしい。
確かこの時間は出かけていたはずだから。

「はい」

私は電話に出た。

「……もしもし、お父さん？」

電話の向こうの声は息子だった。

声変わりする前の、あどけない声。

息子が直接、私の携帯電話にかけてくるのは珍しかった。

「啓斗か、どうした？」

「うん、今ね家に居るんだけど……。何か変なんだよ」

「何かって……？」

「今ね、家のチャイムが鳴ったんだけど変な人がドアの外に来てるんだ」

私は妙な胸騒ぎを覚えた。

「変な人って、どんな？」

「うんとね、なんか見た事ないお爺さんなんだけど変なんだよ。すごく背が高くて、黒いコートみたいなのを着てて、長～いおひげが生えてる」

私は心臓の鼓動が急速に速まるのを感じた。

まさか、そんなはずはない。

「それで、ずーっと帰らないで玄関の前に立ってるよ……」

私は自然と走り出していた。

「いいか、啓斗。絶対に玄関のドアを開けちゃだめだよ!?　お父さんがすぐに家に行くから、そのまま待ってて！」


あいつだ。

あの邪悪な存在が私の居場所を突き止めたのだ。


「お父さん、どうしたの？」

私が急に声を荒げたので、啓斗は戸惑っているようだった。

「いいかい、啓斗。絶対に外に出ちゃだめ!!　インターフォンでお話ししてもだめだ!!」

私が言っている間にも受話器の向こうからチャイムが鳴る音が聞こえてきた。

「啓斗、お母さんは今近くにいないの!?」

「いないよ……。買い物に出かけちゃってる」

私は小さく舌打ちした。

今、幼い息子を守れる人間は近くにいない。

私は走ってきたタクシーを半ば強引に止めると、後部座席に飛び乗って自宅住所を告げた。

「急いでください!!」

ドライバーは私の怒声に驚いたが、無言で車を出した。

どうすればいい——。

私は考えた結果、清音に連絡する事にした。

彼女なら、この状況を切り抜ける対処法を何か教えてくれるかもしれない。

「啓斗、少し待ってて！　すぐ掛け直すから！」

私は息子に待つように伝えると、電話帳から清音の番号を探した。

焦りで手が震えて、上手く操作出来ない。

なんとか清音の携帯電話番号が見つかると即座に発信した。

電話が繋がり、コール音が鳴り出す。

だが、彼女はなかなか電話に出なかった。

「くそ‼」

私は思わず叫んでいた。

やがてタクシーは自宅マンションの近くまで来た。

信号に捕まったので、私は五千円札を渡してそのままタクシーから降りてマンションへ向けて猛然と走り出した。


再度、自宅の固定電話に発信した。

「お父さん？」

息子は無事にそこにいた。

「啓斗、もうすぐ着くから！」

私の家はマンションの五階にある。

普段はエレベーターを使っているが、待っているのすらもどかしい。

私は階段のある方へ回ると、なりふり構わず階段を駆け上がり始めた。

「お父さん、今勝手に玄関のドアが開いた……」

息子の言葉に、心臓を掴まれたような気分になった。

「啓斗、隠れろ!!」

「……あのお爺さんが、中に入ってくるよ!?」

「逃げろ!!」

私の声が届いていないようだった。

受話器の向こうから息子の怯えたような声が聞こえてきた。

一段飛ばしで必死で上り、なんとか五階まで来た。

息が上がり、唾液に血の味がしたが自宅の玄関まで止まらなかった。

見ると息子の言った通り、玄関のドアが開いている。

一体どうやってドアが開いたのか。

在宅時も鍵をかけるようにしているのに。

開いたドアから家の中を覗くと電気が消えて真っ暗だった。

私は躊躇なく中に踏み込んだ。

「啓斗!!」

「お父さん」

リビングの方から息子のか細い声が聞こえた。

すると突然、私の携帯電話の着信音が鳴り出した。

見ると、清音からの着信だった。

「もしもし！」

「種島さん、今どこにいるんですか!?」

「今、自宅にいる！　私の息子があいつに似た老人を見たと言って……」

私は通話しながらリビングまで踏み込んだ。

すると啓斗がこちらに背中を向けてベランダの方を見ている。

周りには人影は無かった。

「啓斗……？」

私は息子に声をかけたが、相変わらずじっと外の方を見ている。

「種島さん、逃げて下さい！」

清音が言った瞬間、雷鳴が轟き稲光が部屋の中を照らした。

「逃げるって、どうして……？」

「そちらから、あいつの気配を感じます！」

「今、この部屋には私と息子しかいません」

「種島さん、それはあなたのお子さんじゃないです！」

清音の言っている事が理解出来なかった。

今、目の前には息子だけがいる。

でも、そこで私も違和感を覚えた。


落ち着いて考えてみれば今日の朝、妻はこう言っていた。夕方から啓斗と一緒に買い物に出かけると。

いつも出かける時は一緒のはずだ。

啓斗だけを部屋に残して行く事なんてほとんどない。

すぐに私の中に一つの疑念が膨らんできた。


今、目の前にいるのは本当に自分の息子なのか——？


啓斗がゆっくりとこちらを振り返った。

怖かったためか涙を流している。

再び雷の光が差し込み、息子の顔をつぶさに照らし出した。

息子の目から流れていたのは真っ赤な血液だった。

どくどくと両目から血が流れ落ちている。

「種島さん、逃げて!!　それはあいつです!!」
清音の絶叫がスピーカーから鳴り響いたが、私はその場から動けなくなっていた。
啓斗の口元に厭な笑みが浮かんでいる。
やがて華奢な息子の身体が異様に膨れ出した。
手足が長く伸び、白い顔には顎髭が生えている。
全身が黒づくめだった。
間違いない。
一年前の出来事が脳裏に蘇ってくる。
紛れもなく目の前にはあいつがいた。

みろくさん――。

やがて私の両目から暖かな液体が零れ落ちるのを感じた。
指で拭って見ると、それは涙ではなく、どろりとした私の血液だった。
血は止めどなく溢れてくる。

不思議と痛みはない。
視界がぼやけてきた。

私は逃げようとしたが、もう力が残されていなかった。
足から力が抜けて、視界がだんだんと暗くなっていく。
やがて私は自分の両目から滴り落ちて出来た血溜まりの中に膝をついた。
頭が重くなり、前のめりに倒れる。
最後にあいつの方を見ると、雷鳴の中で満足気に笑っているような気がした。
そのまま私の意識は真っ暗闇の中に静かに落ちていった。

清音

私が種島正輝さんの死を知ったのは二日後の事だった。

私の携帯電話に警察から連絡があった。

種島さんの携帯電話の通話履歴に私の名前があったからだ。

私は知っていることを話したが、担当者は首を捻るばかりだった。

警察が呪いや祟りを認めるわけがない。


種島さんの死因は出血性ショック死と聞いた。

自宅マンションのリビングで血溜まりの中に倒れているのを妻の美紀子さんが見つけたらしい。

判然としない事が多かったが結局、事件性はないとされたみたいだ。

一部の週刊誌に丑蔓家との関連をあげて怪死事件だなんだと小さな記事が載っただけだった。


その数日後に種島氏の奥さんから私に連絡があった。

相談したい事があると言う。

私には何となく察しがついていた。

一年前の事件――。
まだ終わっていなかったのだ。

種島さんの奥さんは彼の死後、丑蔓家に関する資料を目にしたという。

彼の使っていたPCの中に遺されていた。

丑蔓家の長男の栄一から聞き取った話の中に、彼を虐めていた少年が目から血を流して死んだという記述を見つけて、ご主人との関連があるのではないかと思ったと言う。

だから奥さんには本当の事を話さないといけないいだろう。


数日後、私は他の予定を調整して東京へと向かった。

私はこちらから家まで訪ねると言ったが、美紀子さんは東京駅まで迎えに来てくれた。

私が改札を出たのを見ると彼女は静かに一礼した。

種島さんの告別式にはどうしても調整がつかず出られなかった。


美紀子さんは当然だけど、疲れきっていた。

種島さんは、あまり奥さんや子供の事は話さなかった。

今日は息子の啓斗君は両親の所に預けてあると言う。

私達は駅前の喫茶店に入った。
席に着くと私はお悔やみの言葉を伝えた。
ふと見ると、彼女のお腹が大きくなっているのに気が付いた。
「女の子です。ちょうど五ヶ月です」
美紀子さんはお腹を両手で包むように撫でながら言った。
第二子が奥さんのお腹には宿っていた。
こんな時に種島さんは逝ってしまったのだ。
居た堪れない気持ちが胸を締め付ける。

美紀子さんは周囲を憚るようにバックから何かを取り出した。
黒い手帳だった。

私の背中の皮膚がぞわりと粟立った。
良くないものを見たときはいつもこうなる。
そして、この手帳には見覚えがあった。
一年前、丑蔓家の屋敷で見た物だ。
丑蔓十蔵氏の手帳。
あの夜以来、これの所在は知らなかったが種島さんがずっと持っていたという事か。

「……主人が保管していた物です。以前清音さんも一緒に取材に行っていた丑蔓家に関係するものですよね？」

美紀子さんの問いに私は小さく頷く。

またこれを目にする時が来るとは思わなかった。

あの家の秘密が記された手帳。

「一年前、主人があの村からこの手帳を持ち帰ってから色んな事が少しずつおかしくなったんです」

美紀子さんはぽつりと言った。

「どう変わったのですか？」

「もともと主人は怖い話を集めて回っているような人でした。だから部屋には怖い写真や資料がたくさん置かれていました。私はあまり好きではないので、立ち入らないようにしていました……。あの水害があってから、主人はそういう事から距離を置くようになりました。取材にも行かなくなったし、怪談会にも参加しなくなったんです。でも、この手帳だけは……」

美紀子さんはパラパラと手帳のページを捲った。

「夜中にずっと読んでいたんです。卓上スタンドだけ点けて……。なんか、怖くて近寄れませんでした。昼間に直接主人に言った事もあります。気味が悪いから、そんな手帳なんかもう捨ててよって……」

「ご主人は何と？」

「おれは夜中に手帳なんか読んでないって……」


私は美紀子さんの話を聞いて、確信した。

種島さんはいつしかあいつに取り込まれていたのだ。

予感はあった。

「もし出来たら、家の中を見せて貰えませんか？」

夫が死んでいた現場を案内させるのは酷な事と分かっていたが、その場所を訪れることによって分かる事がある。

美紀子さんは小さく頷いた。

かつて種島さん一家が住んでいたマンションはタクシーで三十分ほど移動した場所にあった。

都心へのアクセスも良い立地だった。

だが、種島さんが亡くなってからは、美紀子さんの実家に、息子の啓斗君と一緒に身を寄せているという。


エレベーターから降りて五階のフロアに出た時から、厭な感じがした。

規制線などはすでに無くなっていたが、どの部屋かはすぐに分かった。

あるドアから凍りつくような冷気が流れ出ている。

美紀子さんはそのドアの前に立つと、バックから鍵を取り出して差し込んだ。重い扉が開く。

「どうぞ」

美紀子さんが招き入れてくれた。

当然ながら中は静まり返っている。

ここで種島さんは家族と幸せな時間を過ごしていたのだろうか。

「種島さんの部屋を見せて頂けますか」

私がお願いすると美紀子さんは案内してくれた。

ドアを開けると、家具などはそのままにされていた。

壁際に備え付けられた本棚には書籍や資料がぎっしりと並んでいる。

ちょうど部屋の角にデスクが置かれていた。


「主人は、この机に向かって毎夜手帳を眺めていました」

私はデスクの前に立ち、手を触れてみる。

ぞわぞわとした感じが背中を這い上がってくる。

種島さんは最後に会った時、怪談蒐集からは身を引くと言っていた。

だが、丑蔓家の秘密に踏み込んだ事で心を絡め取られてしまった。

夜毎みろくさんについて夢想し、没入するうちに呼び込んでしまったのだ。

「なんだか誰かに見られているような感じがするようになったんです……」

不意に美紀子さんが言った。

「主人があの村から帰ってきてから、部屋にいても玄関から出た時も誰かの視線を感じるようになりました。それになんだか息苦しい感じがして……」


無理もないと思った。

これほど強い瘴気が立ち込めていれば、そういう感覚が無い人でもおかしくなる。

この雰囲気は、あの家のそれだ。

かつて丑蔓家の屋敷で感じた、言いようのない圧迫感――。

それがこの部屋に遍満している。


私達は種島さんの部屋を後にすると、リビングへと向かった。

警察の現場検証の跡が、まだ残されていた。

「そこで、死んでました。あの人……」

後ろからついて来た美紀子さんが、虚ろな目でフローリングの床を見ながら言った。

数日前、買い物から帰って来た美紀子さんが見たのは、血溜まりの中に崩れ落ちた夫の姿だった。

息子の啓斗君も一緒だった。


あの日、種島さんと最後に電話で話した時、彼はここに居た。

電話の向こうから凍りつくような憎悪と虚無が漏れ出てきたのを今も記憶している。

種島さんは言っていた。

今息子と一緒にいます、と。

彼が見たものは何だったのか。

私はその場で意識を集中させた。


突然暗い部屋の中に凄まじい雷鳴が轟き、少年が一人でこちらに背を向けて立っている光景が見えた。

少年は両目から血を流しながら、薄っすらと笑っていた。

間違いない、あいつだ。

みろくさんだ――。

全身が緊張し、呼吸が浅くなる。

あの暗い山中の、悪夢のような夜が甦ってきた。

もうこれ以上は見ていたくない。

私はひゅうっと息を吸い込みながら目を開いた。

「大丈夫ですか!?」

動揺する私を心配した美紀子さんが肩に手を置いた。

「はい、平気です」

私は無理に笑って見せた。

陽が傾き、部屋の中が薄闇に包まれ始めた。

もうここにはいない方がいい。

「行きましょう」

私は美紀子さんを促して、部屋を出た。

マンションから少し離れた場所にあるファミレスに入店した。

ミルクティーを注文すると話を続けた。


「やっぱり主人が死んだ原因は、あの手帳の元々の持ち主の丑蔓家に関係しているのでしょうか?」

「残念ながら、その通りです。正確にはあの丑蔓家が祀っていた神が関係しています。ご主人はそいつに……」

美紀子さんは自分のお腹に手を置いた。

「主人がノートパソコンに残したメモも少し読んだのですが、とても怖い事が書いてありました……。あの家には代々男の子が生まれるけど、長男が必ず若くして死んでしまうと。主人が死んだのも、その丑蔓家と関わった事が原因なら子供達が心配です」

美紀子さんの気持ちはもっともだろう。

今後、どんな影響が出てくるのかは正直分からない。

みろくさんは本当に危険な存在なのだ。

一年前のあの夜、切り抜ける事が出来たのは単に幸運が重なっただけなのかもしれない。

下手をすれば私も命を落としていただろう。


「それから、もう一つ気になる事があります。息子の啓斗の事です」

私は固唾を飲んで美紀子さんの次の言葉を待った。

「主人が亡くなった直後から、背中に人の手形のような形の痣が浮いてきたんです」

思わずティーカップを取り落としそうになった。

すぐに栄一君の事が思い出されてきた。

あの夜、長男である彼の左胸に手形のような形の赤い水ぶくれが浮かび上がった。

それはみろくさんが贄である長男に付ける一種のマーキングだ。

種島さんが丑蔓家の人々から取材した話の中にも、代々の長男の遺体に死の直前に負ったと思われる手形のような火傷が付いていたとあったはず。

だとすると時間がない。

「息子さんは今どちらに？」
「私の実家に預けてきました」

「すぐに行きましょう！」
戸惑う美紀子さんを急き立てて、ファミレスを出た。
彼女の実家は奥多摩にあると言う。
外はすっかり日が落ちて暗くなっている。
いつのまにか空が曇っていた。
一雨来るかもしれない。
タクシーを拾って二人で慌ただしく乗り込むと行き先を告げた。
やがてタクシーのフロントガラスにぽつりぽつりと雨粒が落ちてきた。

暗夜

私と種島さんの妻である美紀子さんを乗せたタクシーは彼女の実家に向けて走っている。
雨はいつしか本降りになっていた。

一年前のあの日以来、私は雨が好きではなくなった。
特に暗い夜の雨は――。
あの夜に、師であり恩人であった北畑達徳は帰らぬ人となった。

あの人がいなくなってからは自然の流れで私は霊媒として独り立ちした。
この一年間あっという間に過ぎたけど、私なりに頑張ってきた。
北畑さんには到底及ばないけれど、以前の自分よりもずっと強くなった。
でも何となく今夜、師と同じ運命を私自身がたどるような気がする。

嫌なイメージを振り払おうと私は深く息を吸って一気に吐き出した。
窓の外を見ると、街の灯りは消えて緑が広がっている。
東京都でもこんなに自然がある事に少し驚いた。

「もうすぐ着きます」

美紀子さんが言った。

運転手に降りる場所を告げると、やがてタクシーはある戸建住宅の前に停車した。

私たちは濡れないように小走りで玄関へと入った。


「おかえり」

男の子の声がした。

廊下の奥から活発そうな少年が出て来る。

種島さんと美紀子さんの息子の啓斗君だった。

あの部屋で幻視した時に見た子供と、姿形は同じだ。

明るい中で見ると、確かに種島さんの面影がある。

「……お姉さん誰？」

啓斗は私を不思議そうに眺めている。

「啓斗、ご挨拶して」

美紀子さんに促されて、照れたようにお辞儀する仕草がすごく可愛い。

美紀子さんが紹介してくれたので、ご両親にも手短に挨拶した。

「ちょっとだけ見せてね」

早速、啓斗の背中に現れたという痣を見せてもらう。

美紀子さんが息子のシャツを捲りあげた。

啓斗の白くて小さな背中に、赤くみみず腫れのような痣が人間の手の形に浮かんでいた。

私は一瞬、目を背けた。

この痣が放つ禍々しさは、忘れようもない。

もう間違いなかった。

みろくさんはこの家に、種島家に取り憑こうとしている。


魔を避ける為のマントラを唱えながら痣に触れた。

「痛くない？」

「うん、平気！」

私が聞くと少年は元気に答えた。

父親を亡くしたばかりで本当は寂しいはずだが、この子は明るく振る舞っている。

お母さんを気遣っている――。

そんな印象を受けた。


「どうでしょうか？」

美紀子さんが聞いたので単刀直入に言った。

「すぐに身を隠す必要があります……。あいつは、〝みろくさん〟はじきにここへ来ます」

「どうすれば？」

正直に言えば解決策はないのかもしれない。

だが、このままでいると啓斗だけでなく家族全員が危険に晒される。

「私が、ここから啓斗君を連れて逃げます」

「そんな！」

「ご両親や、貴女も巻き込まれる可能性があります」

私は一年前、嫌と言うほど人の死を目の当たりにした。

種島さんの残された妻やその家族まで巻き込むわけにはいかない。

「だったら私も行きます！」

美紀子さんは強い口調で言った。

「それは無理です、貴女は身重ですよ？　ここは私が……」

「いえ、私も行きます」

これは説得しても無駄だと思った。

子供を守る時の母親が強い事は知っていた。

それにどうしても行くと言うなら、それを止める権利は私にはない。

「分かりました」

私が言うと美紀子さんは車のキーを取り出した。

正直これは助かる。

私は車の運転が出来ない。

雨の中、少年と徒歩で逃げるのには限界がある。

ご両親には、すぐに戻りますとだけ告げて家を出る。

後ろめたい気持ちだったけど、この人たちまで巻き添えになる必要はない。

美紀子さんは啓斗に雨ガッパを頭から被せた。

私は啓斗の前に屈んで彼の目を見た。

「この後一緒に逃げるけど、お姉ちゃんの言う通りにしてね」

種島さんの幼い息子は無言で頷いた。

もしかすると、彼も本能的に危険が迫っている事に気が付いているのかもしれない。

玄関を出ると、三人で車庫に停めてあった車に乗り込んだ。

私はもしもの為に四国から持ってきたバックを携えていたので、助手席に座ると膝の上に置いた。

美紀子さんがエンジンをかけたちょうどその時、私はあの忌まわしい音を聞いた。

おおおおおおおぉぉぉぉぉぉぉぉぉぉん

あの村で聞いた、邪悪な獣の遠吠え。

贄を求めて彷徨う古代の魔物――。

それが再び姿を現し、すぐ近くまで迫っている。

「……今の音、何ですか？」

美紀子さんが青ざめた顔で私を見た。

私は質問には答えないで告げた。

「車を出して下さい。早く……！」

車は車庫を滑り出して、雨が降りしきる道路に出た。

「どちらへ向かえばいいですか!?」

「とにかく出来るだけ遠くへ走って下さい！　なるべく止まらないように、信号や他の車がいない道がいいです！」

私がそれだけ告げると、美紀子さんはアクセルを踏み込んだ。

ここまでタクシーで来た時に分かったが、幸いこの地域は人口が少ないらしく、対向車もほとんど無かった。

以前あいつと相対した時の印象は、夜明けが来て日が昇ると力が弱まる傾向があるという事だ。

もちろん確実にそうとは言い切れないが、夜明けまで逃げ切れば助かる可能性はある。

後部座席には啓斗が不安げな表情を浮かべて座っていた。

美紀子さんは私の指示どおり、住宅地を抜けて山の方に向けて車を走らせた。

外灯の少ない、暗い道路に入っていく。

心細いように思えるが、かえって他の車両がいないので止まる事もなく安心出来る。

ここは彼女の地元なので土地勘もあるだろう。

この分なら意外と上手くいくかもしれない。


しばらく走るうちに、あいつの気配は感じなくなっていた。

「このまま東京を出た方が良いですか？」

美紀子さんに聞かれたので私は考えた。

知らない土地に出るよりは、やはりこの地域でこのまま闇に紛れて逃げ回った方がいいかもしれない。

気がつくと雨が小降りになっている。

「いえ、このままこの辺を走り回って様子を見ましょう。今のところ、あの化け物の気配は消えていますので……」

私が言うと美紀子さんも頷いた。


それから一時間ほどは何事もなく、人気の無い道をランダムに車は走り続けた。

私と美紀子さんには会話する余裕も出てきた。

でも不意に、それまでずっと黙っていた啓斗が口を開いた。

「ねえお母さん、おしっこしたい」

啓斗はずっとトイレを我慢していたようだ。

それはそうだろう。

美紀子さんの実家から出てから、ずっと走り続けている。

小学校に上がる前の男の子からしたら、かなり苦痛だったはずだ。

むしろ今までよく我慢していた。

妊婦である美紀子さんにも、ひと息ついてもらわないといけない。

「……とりあえず今は大丈夫そうです。どこか御手洗いのある所で一休みしましょう」

「ちょうど、ここから少し行った場所に公園がありますので、そこで一旦停めますね」

美紀子さんも少し疲れていたようだ。

徐行しながら進んで行くと、森の手前にアスレチック遊具や長い滑り台がある広場が見えた。

外灯の白い光がぼんやりと照らしている。

美紀子さんがさっき言った公園だろう。

奥には公衆トイレもあった。

車は公園に隣接した小さな駐車場で止まった。

啓斗は後部座席のドアを勢いよく開けると、閉めもせずにトイレに向かって駆け出した。

「慌てると転ぶよ！」

美紀子さんが声をかけたが、返事もせずにトイレに駆け込んで行った。

「実家に寄った時は主人と一緒に、この公園にあの子をよく連れて来たんです」

彼女は苦笑いを浮かべながら言った。

だから啓斗もためらわず夜のトイレに向かったのだろう。

種島さんと美紀子さんと啓斗の三人で、楽しげに遊ぶ光景が思い浮かんだ。

でも、その日々はもう戻ってこないと思うと胸が苦しくなった。


駐車場の隅には自動販売機が設置されていて、優しい光を放っている。

虫が周りにたくさん集まっていたが、私は小走りに駆け寄った。

小銭を入れて、お水を二つとオレンジジュースを購入する。

「啓斗君、オレンジジュースは大丈夫ですか？」

私は美紀子さんにペットボトルを手渡しながら言った。

「あっ、すみません」

美紀子さんは少し笑顔を見せた。

このまま何事もなく夜が明けてくれればいいのだが。


用を足した啓斗がトイレから出てきた瞬間だった。

あたりに咆哮が響いた。

おおおおおおおおぉぉぉぉぉぉぉぉぉん

絶望を掻き立てるような音声。

気配が消えていたので、油断していた。

あいつはすぐ近くに忍び寄っていたのだ。

「しまった！」

「啓斗！」

美紀子さんが公衆トイレの前にいる息子の方へ駆け出した。

私は素早く車の助手席に回ると自分のバックを引っ掴んで、美紀子さんの後を追った。


トイレの前まで来ると、何とか啓斗を捕まえた。

そのままトイレの裏手に三人で身を隠した。

醜悪な気配が迫っているのがひしひしと感じられる。

もう二人を連れて車が停めてある駐車場まで戻るのは不可能だった。

ここであいつと、みろくさんと勝負するしかない。

私は覚悟を決めた。

「このままここに隠れていて下さい。私に何かあったら逃げて……」

小声でそう告げると、美紀子さんは不安げな表情を浮かべた。

「それから、啓斗君をお借りしますよ」

私はそれだけ言うと訝しむ美紀子さんの制止を振り切って、公園の中央へと飛び出していった。


全速力で走りながら公園の周りに広がる森を目指す。

背後からあいつの気配が追って来るのが分かった。

私は木々の間に飛び込むと、あいつを撹乱するようにめちゃくちゃに駆けた。

わずかな間、時間が稼げればいい。

木々が少し開けた場所を見つけたので、私はそこに結界を巡らす事にした。

素早くバックから呪具を取り出して、四方に簡易的な結界を作った。

私が前面に立ち、啓斗を結界の中央に立たせた。

森の中は公園の外灯の光がわずかに届くだけで、ほとんど真っ暗だった。

息を深く吸い込んで、一気に吐き出す。

意識を研ぎ澄ませる必要がある。

これからあの魔物と命のやり取りをしなければいけない。

私は静かにみろくさんが現れるのを待った。

やがて闇の中に、獣のような息遣いが聞こえてきた。

やはりこちらの気配を嗅ぎ付けたのだ。

私は隠し持っていた木剣を構えた。


木の影から黒づくめの老人がゆっくりと姿を現した。

みろくさんだ――。

私は剣の切っ先を化け物の方に向けた。

ふと気付いた事があった。

老人から感じる圧迫感が一年前よりも弱まっている。

みろくさんはわずかに口を開き、苦しげに息をしている。


私は悟った。

自らを祀る人間を失ったみろくさんは、力を失いつつあるのだ。

丑蔓家の人々は、他ならぬこの魔物自身の手によって滅びてしまった。

一年前の、神のように荒ぶるエネルギーはもはや感じられず、今や痩せ衰えた悪鬼に成り下がっている。

やがて老人はこちらの存在に気が付いた。

私の背後に立つ啓斗の姿を認めると、厭な笑みが浮かんだ。

未だに贄を求めているのだ。


徐々に老人は結界ににじり寄ってきた。

弱りつつあるとは言え、禍々しい気配を放っていて隙がない。

背中の皮膚が粟立つ。

間合いが詰まると、老人は獣のように唸りながら襲ってきた。

私は木剣を突き立ててはね返そうとしたが、簡単に弾き飛ばされた。

みろくさんはあっという間に私が張り巡らせた結界をめりめりと引き裂くと、真ん中に立っていた啓斗に近づいた。

嬉しそうな声を上げると一気に啓斗に覆い被さった。

ぱん、と勢いよく弾けるような音が木々の間にこだました。

みろくさんの腕の中にいた啓斗の姿が跡形もなく消えている。

老人は何が起きたか分からないように辺りを見回している。

今だ――。

私は木剣を逆手に構えるとみろくさんに飛び掛かり、上から馬乗りになった。
切っ先を思い切りみろくさんの首に突き立てる。
苦しそうな断末魔の叫びが上がり、みろくさんの顔が歪んでいく。
長い四肢をばたつかせ、激しくもがいている。
私は必死にみろくさんを押さえつけ、木剣をより深く首に突き刺した。
私の左目から血が吹き出したけど、止めなかった。

やがてみろくさんの動きは緩慢になり、視線が定まらなくなった。
最後にはその巨体は完全に動きを止めて、砂浜に作られた泥で出来た山のように崩壊を始めた。

やがて全てが、土に還っていった。

それを見届けた私は地面に倒れ込んだ。

とうとう滅ぼした。
多くの人々を殺めた魔物を――。

二人の足音が駆け寄って来るのが聞こえた。

美紀子さんと啓斗だった。

「大丈夫ですか⁉」

倒れていた私を抱え起こしてくれた。

くたくたに疲れて暫く自力で立ち上がれそうにない。


美紀子さんは心配そうに私の顔を覗き込みながら聞いた。

「どうして先ほど啓斗を〝借りる〟と言ったのですか？」

当然の疑問だった。

私は美紀子さんと啓斗を残して一人で飛び出して行ったのだから。

私は破られた結界の真ん中を指差した。

そこには小さな木片が真っ二つに割れて落ちていた。

啓斗がそれを拾い上げた。

「くっつけてみて」

私が言うと、啓斗は小さな手でその木片の割れた部分を合わせて見せた。

それは人間の頭と胴体を模したような形をしている。

「〝カタシロ〟という北畑の家に伝わる呪具です。それに啓斗君に似せた気を吹き込みました……。みろくさんには、その木片が啓斗君に見えていたはずです」
〝借りる〟のは啓斗の姿だった。
咄嗟に出た言葉だったが、事情を知らない人からすれば紛らわしい表現だったと思う。

カタシロという呪具は一種の〝スケープゴート〟だ。
私はあの魔物に対して罠を仕掛けた。
上手くいく確証は無かったけれど。
でも結界的に、みろくさんの隙を突く事が出来た。
正面からぶつかっていたら命は無かったはずだ。

やがて美紀子さんが呼んでくれた救急車のサイレンが聞こえてきた。
左目からの出血は止まっていないようだった。
実のところ左側の視界は、もうほとんど見えていなかった。
私は救急車が到着する前に美紀子さんに頼んで啓斗の背中を確認してもらった。
息子の背中を見た彼女が、驚いて小さく声を上げた。
赤い痣は消えかかっている——。
私は安堵感から深くため息をついた。

数ヶ月後。

翌年の春の彼岸――。

私と美紀子さんと啓斗は、種島さんの墓参りに訪れていた。

種島さんの出身地の片田舎にある、広くてのどかな墓園。

遠くには海が見える。

空は真っ青に晴れていて、暖かい風が時折頬を優しく撫でた。

思い返してみると約一年前、存命だった種島さんは私の師である北畑達徳の墓参のため四国を訪れてくれた。

まさか今度は私が彼の墓前に立つ事になろうとは、想像も出来なかった。

あの公園での戦いで私は左目の視力を失ってしまった。

ただ、それも慣れてくると生活に支障はなかった。

私達のような人間の力を必要とする人は、意外と多い。

私は幼い時、自分の生まれ持った特殊な力を心底嫌悪していたし、無くなればいいと思っていた。

でも今は受け入れている。

彼の息子の啓斗は今年、小学生になった。

啓斗の元気な姿を見ていると、自分のした事も無駄じゃないと思える。

前回会った時から数ヶ月しか経っていないのに随分背が伸びていて驚いた。


そしてもう一つ良い報告があった。

あの日、美紀子さんのお腹にいた子が無事に産まれて啓斗はお兄ちゃんになったのだ。

彼が生きていたら、どんなに喜んだだろうか。

ただ、啓斗は少々元気過ぎるくらいで、楽しげに墓場を駆け回ったので美紀子さんに叱られていたが。

私達はしばし種島さんの冥福を祈った。


丑蔓十蔵氏の手帳は、丑蔓家側の了承も得て処分された。

お焚き上げという形で、炎の中に消えていった。

〝みろくさん〟という異形の神の存在もやがて忘れられていくだろう。

そうやって無数の神は人々の記憶から忘れられてきたのだから。

丑蔓家の長男、栄一とも私は時折手紙でやり取りしていた。

彼も志望校に合格し、今は充実した高校生活を送っているようだ。

おかしな事も、何も起きなくなったという。
今抱えている仕事が終わったら、彼にも会いに行きたいと思っている。

大切な誰かを失った人達に、私が出来る事は何もないのかもしれない。
悲しみを乗り越えて前に進んだのは彼ら自身の力だから。

でも時々、私達の力を必要とする人がいる。
その人達を救う事は難しいけど、その声に耳を傾ける事は出来るかもしれない。
だからこれからも私は仕事を続けようと思う。
私の恩師がそうしていたように——。

了

著者あとがき

　最後までお読み頂き、大変にありがとうございます。作者の斉木と申します。

　これまでアンソロジー『田舎の怖イ噂』『怪談 生き地獄 現代の怖イ噂』（竹書房怪談文庫）に短編を収録して頂いた事がありますが、本作が私にとって初の単著となります。

　当初、この作品は原題『贄：長男が死ぬ家』として小説投稿サイトのエブリスタに掲載しておりました。

　連載完了と同時に「ホラー×怪談」部門で日間ランキング十七日間連続一位（二〇一九年十二月三日〜二〇一九年十二月十九日）、「ホラー」全体の部門でも日間ランキング六日連続一位（二〇一九年十二月七日〜二〇一九年十二月十二日）になるなどご好評を頂いていた時に、幸運にも書籍化のお話を頂いた次第です。

　普段から竹書房怪談文庫を愛読し、実話の怪談マンスリーコンテストにも挑戦していた私には願ってもない出来事でした。

　本作は膨大な竹書房怪談文庫の作品群の中でも珍しい長編となっております。すぐ思い浮かぶのは飯野文彦先生の「黒い本」シリーズ、久田樹生先生の「怪談真暗草子」シリーズぐらいではないでしょうか。いずれも傑作揃いで、そのようなレアケースに拙著が当たる事は大変恐縮であると同時に、光栄な事と感じております。

長編小説ではありますが、実際に私が聞き集めてきた実話怪談の幾つかに着想を得ています。長く続く旧家に、世代を超えて繰り返し現れる怪異は確かに存在するようです。

いわゆる家に纏わる系のお話が、なぜ特に怖いと感じるのか。

思うにそれは怪異から逃れようがない、という点に帰着するのではないでしょうか。

心霊スポットと呼ばれる場所や、いわくつきの住居などの怪異は、そこを離れれば或いは収束する事もあるかもしれません。

ただ家系に纏わる因縁は我々の身体を流れる血の中に宿っている以上、どうやっても切り離すのが難しいはずです。

この小説の元となった話や、先祖代々に関係してくる怪談の中には表に出す事が憚られるような忌まわしいものもありますが、いつか機会がありましたらお伝え出来る範囲でお話ししたいと考えております。

私自身は今後もエブリスタをはじめとした小説投稿サイトでの活動や、怖い体験談の蒐集を続けて参りたいと思います。

もし、怖い体験や不思議な話をお持ちの方がいらっしゃいましたら、ぜひお便り下さいませ。

まだまだ未熟な私ですが、今後も精進して参ります。

この本を出版するにあたり、本当に多くの方に御礼申し上げる必要があります。
竹書房怪談文庫の担当者O様、経験値の少ない私に的確なアドバイスを頂きました。
私の個人的な仲間、家族、恩師。
Ｔｗｉｔｔｅｒで仲良くして下さる皆様。
そしてエブリスタで共に活動されているクリエイター様、読者様、編集部様。
大変にお力を頂きました。
最後にこの本を読んで頂いた皆様に最大の感謝を。ありがとうございました。

令和二年二月

斉木　京

エブリスタ

国内最大級の小説投稿サイト。

小説を書きたい人と読みたい人が出会うプラットフォームとして、これまでに200万点以上の作品を配信する。

大手出版社との協業による文学賞開催など、ジャンルを問わず多くの新人作家発掘・プロデュースを行っている。

http://estar.jp

贊怪談　長男が死ぬ家

2020年3月6日　初版第1刷発行

著者　斉木 京

カバー　橋元浩明（sowhat.Inc）
発行人　後藤明信
発行所　株式会社　竹書房
〒102-0072　東京都千代田区飯田橋2-7-3
電話 03-3264-1576（代表）
電話 03-3234-6208（編集）
http://www.takeshobo.co.jp
印刷所　中央精版印刷株式会社

定価はカバーに表示しています。

落丁・乱丁本は当社までお問い合わせ下さい。


ISBN978-4-8019-2186-3 C0193

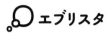